학문, 꿈, 도전
# 건강한 연구일 이야기

학문, 꿈, 도전
# 건강한 연구일 이야기

**발행일** 2026년 1월 15일
**지은이** 박성진
**펴낸이** 모두출판협동조합(이사장 이재욱)
**펴낸곳** 모두북스
**표지** 박소율
**디자인** 디자인플러스 김성환

**등록일** 2017년 3월 28일
**등록번호** 제 2013-3호
**주소** 서울 도봉구 덕릉로 54가길 25 (창동 557-85, 우 01473)
**전화** 02)2237-3301, 02)2237-3316
**팩스** 02)2237-3389
**이메일** seekook@naver.com

**ISBN** 979-11-89203-68-9(03810)

*책값은 뒤표지에 씌어 있습니다.

학문, 꿈, 도전

# 건강한 연구일 이야기

박성진 포스텍 기계공학과

MODOOBOOKS

# 학문 꿈 도전, 건강한 연구실 이야기

저자는 박사과정 1년 차였던 1993년 여름방학 때, 포스텍 기계공학과 오픈 랩 행사를 주도했다. 오픈 랩이란 대학진학과 대학원 진학을 앞둔 고등학교 3학년과 대학교 4학년 학생들이 연구실 투어를 통해 자신의 미래를 미리 그려보는 기회를 갖도록 하는 행사이다.

참여 학생들에게 기계공학과 컴퓨터 서버실을 설명하던 중 이 학생들이 너무 소중하다는 감동이 밀려와 눈시울이 뜨거워 졌다. 이것이 구체적으로 교수가 되어야겠다는 꿈을 갖는 계기가 되었다.

이후 대기업, 벤처 창업, 펜실베니아 주립대학 연구원 및 미시시피 주립대학 연구교수 등 새로운 경험을 만날 때마다 고민과 통찰들을 학생들을 위해 어떻게 사용할지 교수로 부임하기까지 15년간 정리하여 자료로 축적했다.

오픈랩 행사의 감동을 계기로 새로운 경험들을 하게될때마다 저자는 고등학교, 대학교, 대학원 시절 학생으로서의 경험, 대기업과 벤처기업 등 기업에서의 경험, 미국 대학의 연구원과 연구교수로서의 경험, 그리고 포스텍 교수로서의 경험을 바탕으로 그동안 축적된 생각들을 정리하여 연구실의 정책으로 만들고 실천했다.

특히 2011년 교육정책위원장을 맡아 국내외 대학을 대상으로 설문 조사를 진행하고, 여러 대학의 교육 정책을 접할 수 있었다. 또 고등학교 교사들과 학생들, 대학생, 대학원생들을 수시로 면담했고, 100여명의 교수들과의 대화로 교육에 대한 다양한 생각과 의견을 바탕으로 연구실 정책을 더욱 발전시킬 수 있었다.

저자는 해마다 입학하는 대학원생들과 학기 첫날 하루 종일 워크샵을 열어 연구실 정책을 설명하고 대화하는 시간을 가졌다. 이 워크샵은 연구실에서 학문을 시작하기에 앞서 알려주고 싶은 내용, 학문의 전당인 대학과 연구에 관한 내용, 실제적인 연구실의 정책으로 구성되어 있다.

이 책은 이 워크샵의 내용과 함께 교육에 관련된 저자의 경험 중 공유하고 싶은 부분과 실제 저자의 연구실 현장에서 일어난 에피소드로 구성되었다. 이 책은 학문과 꿈과 도전을 목표로 건강한 연구실을 꿈꾸는 교수들과 연구원들, 그리고 학생들에게 희망을 전달하고자 한다.

이 책은 많은 분야의 교수들, 연구원들, 학생들에게 다가가기 위해 저자의 전공과 관련된 부분은 제외했다. 그래도 소개된 연구실의 특성상 공과대학과 기계공학 관련 내용이 드러나겠지만, 어느 분야의 연구실에서도 적용될 수 있으리라 생각한다.

이 책이 우리나라의 차세대 연구자들에게 영감을 주어 학문과 꿈과 도전의 목표를 달성하고 건강한 연구실 문화에 이바지할 수 있길 소망한다.

포스텍 연구실에서 박성진 교수

# 차례

# 추천의 글

사회와 소통하는 과학기술 분야 인재상/ 김도연_포스텍 전 총장

교육자로서의 사명감과 연구실 문화에 대한 통찰/ 김성근_포스텍 총장

학생의 삶을 변화시키는 연구실의 힘/ 이남식_재능대학교 총장

교육의 본질과 교육자의 사명에 대한 근본적인 질문/ 장윤금_숙명대학교 전 총장

학문하는 즐거움과 교육의 본질을 이해하는 출발점/ 박상후_부산대학교 부총장

'학문 도전'을 넘어 '인생 동역'으로 이끄는 지침서/ 배성철_UNIST 부총장

단숨에 읽어 내려간 꿈과 열정과 철학/ 강인석_포스텍 명예교수

연구실, 사람을 세우고 미래를 준비하게 하는 공간/ 나영_중앙대학교 명예교수

연구자 이전에 스승으로 산다는 것/ 김광재_포스텍 교수

공학자의 자부심, 건강한 연구실 이야기/ 김형함_포스텍 교수

사람답게 사는 법을 일깨워 주는 교육/ 김경선_포스텍 교수

치열한 현장의 경험과 성찰로 빚어낸 단단한 기록/ 최성진_한양대 경영대학 교수

올바른 인성을 지닌 과학자를 체계적으로 기르고 싶은 노력/ 이근준_대전과학고등학교 전 교장

오랜 시간 지켜본 열정과 헌신, '사람을 키우는 시스템'으로 꽃 피다/ 유주현_경북창조경제혁신센터 대표

# 사회와 소통하는 과학기술 분야 인재상

김도연_포스텍 전 총장

일반적으로 과학기술 분야 인재들에 대한 사회적인 평가는 대중을 상대로 하는 글쓰기를 어려워한다는 것이다. 그러나 박성진 교수는 포항형 벤처생태계 발전 전략을 다룬 최근의 저술 『퍼시픽 밸리의 시대가 온다』의 뒤를 이어 이번에는 『학문 꿈 도전, 건강한 연구실 이야기』를 출간했다. 기술이 추동하는 급속한 문명 전환의 시대에 과학기술 분야에서 전문성을 갖는 인재들이 사회와 소통하는 일은 매우 큰 의미를 지닌다. 박성진 교수의 열정적인 저술 활동은 상찬(賞讚)의 대상이다.

대학은 국가 발전의 엔진이며 그런 측면에서 이를 구성하는 각 교수들의 연구실은 더할 수 없이 소중하다. 모든 연구실이 동일한 원칙으로 운영될 필요는 없고, 또 그래서도 안 되겠지만, 그러나 모든 연구실은 마땅히 연구 및 교육철학을 지녀야 한다.

연구실은 성과 창출과 더불어 우리 사회의 미래를 결정할 인재를 양성하는 곳이다. 연구자이며 동시에 교육자로서 저자가 고민했던 〈건강한 연구실〉은 대학의 관계자들에게 큰 도움이 될 것으로 믿는다.

# 교육자로서의 사명감과
# 연구실 문화에 대한 통찰

김성근_포스텍 총장

이 책은 연구실이라는 제한된 공간에서 한 사람의 꿈이 어떻게 선택·노력·정체성을 통해 성장하는지 보여주는 기록이다. 교육자로서의 사명감과 학생의 가능성에 대한 믿음을 담아 연구실 문화를 건강하게 만들기 위한 통찰을 제공한다.

특히 인문학적 시선과 공학적 경험을 통해 학문이란 결국 '사람을 위한 길'임을 다시 환기(喚起)시킨다. 연구자와 학생 모두에게 내면적 성장의 방향을 제시하는 나침반과 같은 책이다.

# 학생의 삶을 변화시키는 연구실의 힘

이남식_재능대학교 총장

이 책을 펼치는 순간, 저는 한 사람의 헌신이 얼마나 많은 생명을 살릴 수 있는지 다시 한번 깨닫게 되었습니다.

30여 년간 포스텍에서 학생으로, 또 모교의 교수로 재직해 오신 박성진 교수님은 단순히 뛰어난 연구자나 혁신적인 교육자로만 머무르지 않으셨습니다. 교수님은 연구실이라는 공간이 지식을 생산하는 곳을 넘어, 한 사람 한 사람의 인격이 존중받고 꿈이 자라나며 미래가 빚어지는 거룩한 장소가 되어야 한다고 믿어오셨습니다. 그리고 그 믿음을 실천으로 증명해 오셨습니다.

대학 현장에는 연구실에서의 수많은 에피소드가 있습니다. 밤늦게까지 실험실을 지키는 학생들의 헌신, 논문 한 편에 쏟아붓는 뜨거운 열정, 그 속에서 탄생하는 놀라운 연구 성과들. 그러나 동시에, 그 이면에 숨겨진 상처와 좌절, 관계의 단절, 때로는 한 사람의 인생을 송두리째 흔드는 아픔들도 보아왔습니다.

우리는 언제부터인가 성과만을 추구하며 사람을 잃어버린 것은 아닌지, 경쟁 속에서 협력의 가치를 망각한 것은 아닌지 돌아보게 됩니다.

박성진 교수님의 이 책은 바로 그 지점에서 우리에게 다음과 같이 근본적인 질문을 던집니다.

"연구실은 무엇을 위해 존재하는가?"

"우리는 어떤 학자를, 어떤 사람을 길러내고자 하는가?"

교수님은 이 질문들에 대해 명확한 답을 제시합니다.

연구실은 단지 논문을 생산하는 공장이 아니라, 학생들의 인생을 빚어가는 도야(陶冶)의 장이며, 지도교수는 학생들의 성과를 착취하는 감독자가 아니라 그들의 꿈을 함께 키워가는 동반자라고 말씀하십니다.

이 책에는 교수님의 교육철학이 고스란히 담겨 있습니다.

학생을 경쟁의 도구가 아닌 존귀한 존재로 바라보는 시선, 실패를 용납하고 성장을 기다려 주는 인내, 개방과 협력으로 더 큰 가능성을 여는 혁신의 정신이 페이지마다 살아 숨 쉽니다.

특히 크리스천 교육자로서 보여주신 섬김의 리더십과 청지기 정신은, 오늘날 한국 대학이 나아가야 할 방향을 밝히는 등불과 같습니다. 교수님께서 말씀하시는 '건강한 연구실'은 단순히 효율적인 시스템이 아니라, 사랑과 존중이 흐르는 공동체이며, 각자의 은사가 발견되고 발휘되는 은혜의 장입니다.

한국의 대학 연구실 문화가 변화해야 한다는 목소리는 높지만, 어떻게 변화해야 하는지에 대한 구체적 답은 찾기 어려웠습니다.

박성진 교수님은 이 책을 통해 그 답을 명확하게 제시합니다. 이론이 아닌 삶으로, 관념이 아닌 현장에서 검증된 지혜로 말입니다.

책 속의 수많은 에피소드는 우리에게 실천할 수 있는 롤 모델을 제공하며, 구체적인 정책과 제도들은 당장 내일부터 적용할 수 있는 실용적 가이드가 됩니다.

저는 이 책이 연구실을 이끄는 모든 지도교수님들께, 그리고 꿈을 품고 연구의 길을 걷는 모든 학생들에게 소중한 선물이 되리라 확신합니다. 더 나아가 대학 혁신을 고민하는 우리 모두에게 이 책은 단순한 매뉴얼이 아니라, 교육의 본질을 회복하고 다음 세대를 세워가는 영감의 원천이 될 것입니다.

건강한 연구실에서 자란 학생들이 세상을 변화시킵니다. 그들은 단지 지식을 소유한 전문가가 아니라, 세상을 섬기는 리더로, 다른 사람과 협력할 줄 아는 동역자로, 윤리적 책임감을 가진 시민으로 자라날 것입니다.

이 책이 그 아름다운 변화의 시작점이 되기를, 그리고 대한민국의 모든 연구실이 학생들의 꿈이 꽃피는 건강한 터전이 되기를 간절히 소망합니다.

# 교육의 본질과 교육자의 사명에 대한 근본적인 질문

장윤금_숙명대학교 전 총장

이 책은 교육의 본질과 교육자의 사명에 대해 근본적인 질문을 던지며, 우리가 다시 바라보아야 할 '대학 본연의 가치'가 무엇인지 깊이 있는 통찰을 제시하고 있습니다. 저자가 강조하는 정체성 교육, 독립심과 도전 정신, 그리고 시대정신을 반영한 교육철학은 단순한 이론이 아니라 과학 자로서의 오랜 탐구, 벤처 창업가로서의 도전적 경험, 그리고 교육 현장에서의 실험적 실천을 통해 만들어진 소중한 삶의 기록이자 비전입니다.

오늘날 AI의 급속한 진화, 디지털 전환, 인구 구조의 변화, 환경의 불확실성 등 전례 없는 변화 속에서 대학 교육은 그 의미와 역할을 다시 물어야 하는 중요한 기로(岐路)에 서 있습니다.

이러한 시대적 과제 앞에서 이 책은 교육자들에게는 교육적 사명과 방향을 재확립하게 하는 깊은 울림을, 학부 및 대학원생들에게는 배움의 의미와 독립적 학문의 길을 스스로 찾아갈 용기와 가치의 나침반을 제공할 것입니다.

이 책이 제시하는 통찰과 메시지는 단지 교육 현장에 머무르는 담론이 아니라, 미래 사회를 이끌 새로운 인재 양성과 교육 미래를 고민하는 모든 이들에게 귀중한 지침서가 될 것이라 믿습니다.

# 학문하는 즐거움과 교육의 본질을
# 이해하는 출발점

박상후_부산대학교 부총장

오늘날 인공지능과 디지털 전환 등 기술의 비약적 발전이 이끄는 사회 변화는 한마디로 '창조적 파괴'라 할 수 있을 것이다. 기존 질서가 무너지고 새로운 패러다임이 숨 가쁘게 등장하는 혼돈의 시대 속에서, 우리는 무엇이 진정한 가치이며 어떤 길이 올바른지 분별하기조차 쉽지 않은 상황에 놓여 있다.

이러한 시대 상황 속에서 『학문 꿈 도전, 건강한 연구실 이야기』는 학부생, 대학원생, 신진 연구자는 물론, 학문의 미래를 고민하며 올바른 길을 찾고 있는 학자들에게도 깊은 통찰과 울림을 전해주는 책이다.

이 책은 한 사람이 교육을 통해 성장하는 과정, 학문과 연구가 사회적 가치를 어떻게 만들어 내는지, 그리고 대학과 연구실이 왜 학문 후(後)세대들에게 특별한 의미의 공간이어야 하는지를 진지하게 탐구한 기록들이다.

저자 박성진 교수는 이 책을 통해 교육의 본질과 학문의 정신, 연구의 윤리, 그리고 혁신을 가능케 하는 생태계를 일관되게 바라보며, 학생과 연구자, 더 나아가 사회 가치를 고민하는 이들에게 든든한 나침반을 제시했다.

수십 년 전, 저자와 함께 LG연구소에서 연구의 시간을 공유했던 동료로서 이 책을 읽다 보면, 그의 경험에서 우러나온 성찰과 따뜻한 가르침이 묻어난다는 사실을 새삼 느끼게 된다. 그렇기에 이 책은 공학도뿐 아니라 다양한 학문 분야에서 성장하고자 하는 이들에게 올바른 방향성과 지침을 제공하리라 확신한다.

이 책은 학문을 시작하는 마음가짐에서 출발하여, 인문학적 성찰과 겸손의 가치를 되새기고, "왜 공부하는가?"라는 근본적 질문에 답함으로써 독자가 스스로 자기의 내면을 마주하고 진정한 방향을 모색할 수 있도록 이끈다.

또한 대학과 연구의 탄생, 과학혁명의 전개, 기술혁신이 인류의 성장에 가져온 전환점을 명확하게 풀어내며, 학문·연구·기술·산업이 서로 긴밀하게 얽혀 사회를 변화시켜 온 흐름을 흥미롭게 설명한다. 이는 특히 벤처를 시작하고자 하는 젊은 공학도들에게 새로운 시각을 열어주는 대목이다.

저자는 더 나아가 건강한 연구실이 지녀야 할 철학과 문화를 알기 쉽게 설명하며, 연구실을 '조직이자 공동체'라는 두 얼굴을 가진 공간으로 바라보게 한다. 무한경쟁의 시대 속에서 정서적 교감이 부족한, 요즘 젊은 세대에게 연구실을 삶과 연결된 따뜻한 공동체로 재해석하게 하는 시선 또한 이 책의 소중한 메시지이다.

이 책은 단순한 교육 안내서가 아니다.
학문이 어떻게 태동하고, 연구가 어떻게 성숙하며, 기술과 혁신이 어떻게 사회적 가치로 발전되는지, 그리고 한 개인이 어떠한 선택과 노력을 통해 자신의 꿈을 현실로 구축해 가는지를 보여주는 '지적 성장 과정을 나타낸 설계도'라 할 수 있다.

학문과 연구, 그리고 학생을 사랑하는 마음이 깊이 스며 있는 저자의 글을 간단히 정리하기는 어렵지만, 굳이 그 의미를 담아 표현하자면 이렇다.

학생에게는 나아갈 방향을,
교육자에게는 새로운 사명감을,
연구자에게는 연구의 본질적 의미를,
청년에게는 삶의 의미와 자세를 선물하는 책.

그래서 나는 이 책을 즐거운 마음으로 추천한다.

# '학문 도전'을 넘어 '인생 동역'으로 이끄는 지침서

배성철_UNIST 부총장

    포스텍 1기 동기이자 학계의 동역자로서, 박성진 교수의 저서 『학문 꿈 도전, 건강한 연구실 이야기』를 기쁜 마음으로 추천합니다. 이 책은 박성진 교수가 15년 이상 연구실을 운영하며 고뇌하고, 깨달으며, 마침내 정립한 '교육철학의 결정체'입니다.

    우리는 성공적인 연구실 운영을 위한 다양한 방법과 철학이 존재한다는 것을 알고 있습니다.
    어떤 교수는 연구 성과 극대화를 최우선 가치로 두고, 또 어떤 교수는 자율과 창의성을 중요시하며 연구실을 이끌어갑니다.
    이처럼 정답이 없는 연구실 운영의 세계에서, 박성진 교수의 고민과 철학은 우리에게 매우 깊은 시사점과 고민을 던져줍니다.

    박성진 교수는 1993년 대학원생 시절부터 이미 학생들의 미래에 대한 깊은 성찰과 사명감을 보여주었습니다. 이 책은 그 초심이 오랜 세월 동안 흔들리지 않고 'Accepting Spirit(수용 정신)'과 'Winning Spirit(승리 정신)'이라는 두 기둥을 가진 독창적인 연구실 문화로 발전해 온 과정을 보여줍니다.

그의 교육철학은 단순한 지식 전달이나 학위 수여에 머물지 않습니다. 학생들을 단순한 연구 조력자가 아닌, 인류의 삶의 질을 바꿀 수 있는 비전을 제시하는 주체적인 연구자이자 인생의 동역자로 키워내는 데 그 핵심이 있습니다.

이 책에서 가장 인상 깊은 점은 이러한 추상적인 철학을 구체적인 '실행 매뉴얼'로 제시한다는 점입니다.

첫째, 학생들에게는 나침반이 됩니다. 저자는 학문을 시작하는 젊은 이들이 자신의 '내면의 목소리(DNA)'에 귀 기울여 진로를 선택하고, 그 선택이 옳았음을 증명하기 위해 노력하며, 마침내 세상을 변화시킬 만한 정체성과 비전을 확립하는 '성공 로드맵'을 제시합니다.

이 책에서 제시하는 에세이 작성, 독서토론 등 실질적인 방법론은 방황하는 학생들에게 중요한 길잡이가 될 것입니다.

둘째, 교수와 지도자들에게는 성찰의 거울이 됩니다. 저자는 심지어 연구실 운영 과정에서 학생들을 보호하기 위해 겪게 된 다른 교수와의 갈등을 감수한 경험을 솔직하게 고백합니다.

이러한 헌신을 통해 학생들과 '신뢰'라는 보이지 않는 자본을 쌓아 올린 과정은, 현재 연구실 운영에 어려움을 겪는 모든 PI(Principal Investigator)에게 깊은 울림을 줄 것입니다. 학생들과 '벽이 사라지고' '자연스럽게 열매가 맺히는' 연구실을 만드는 비밀은 바로 교수의 헌신과 겸손에 있음을 되새기게 해 줍니다.

셋째, 인문학적 소양의 중요성을 강조합니다. 기술 발전만을 좇는 시대에, 저자는 모든 학문의 근간인 경제학, 정치, 철학에 대한 이해가 기술과 결합하여 세상을 바꿀 수 있음을 역설합니다. 이는 기술과 인문학의 융합을 추구하는 고등교육의 방향과 일치하는 통찰입니다.

지금 한국의 대학과 연구실은 저출산, 연구 윤리, 세대 갈등이라는 복합적인 도전에 직면해 있습니다.

이러한 때에, 『학문 꿈 도전, 건강한 연구실』은 단지 하나의 좋은 책을 넘어, '우리가 왜 다시 강단에 서야 하는가?'라는 근원적인 질문에 대한 하나의 답을 제시하는 필독서가 될 것입니다.

마지막으로 하나님을 온전히 섬기기 위해 치열한 노력과 헌신을 해 온 박성진 교수를 옆에서 지켜본 신앙의 동역자로서 이 책은 크리스천 연구자들에게는 또 다른 고민을 제시하고 있습니다. 이 책을 통해 크리스천 연구자들이 복음 안에서 자신의 꿈을 재정비하고, 건강한 연구실 문화를 구축하며, 주님의 영광을 드러내는 진정한 학문 공동체를 세워나가기를 간절히 바랍니다.

# 단숨에 읽어 내려간 꿈과 열정과 철학

강인석_포스텍 명예교수

　박성진 교수로부터 저서에 대한 추천의 글을 부탁받고 책을 읽기 시작했는데 한숨에 끝까지 읽었다. 박 교수 자신의 학문에 대한 꿈과 열정 그리고 철학이 생생하게 표현되어 있고, 교수로서 대학원생을 훌륭한 인재로 성장시켜 가는 과정인 '건강한 연구실' 이야기가 눈앞에 펼쳐지는 것 같아 중간에 쉬었다 읽을 수가 없었다.

　특히 학생들에 대한 지극한 사랑, 학생들을 성장시키기 위한 구체적 전략, 그리고 이를 실현해 가는 추진력의 삼박자가 만들어 내는 감동적 이야기는 무척 마음에 와닿았다.

　나는 포스텍 개교 초기인 1989년에 교수로 부임했다. 그때 내가 개설한 모든 과목을 박 교수가 수강하였는데, 가장 뛰어난 학생이었다. 이렇게 처음에는 교수와 학생으로, 나중에는 같은 연구자요 교육자로서 서로 의지하며 지내 온 것이 35년을 훌쩍 넘어가고 있다. 그래서인지 책을 읽는 동안 내내 생생한 감동이 강하게 밀려왔다.

　미국에 재미있는 단어 퀴즈가 있다고 한다.
　알파벳에 a=1, b=2, c=3……z=26과 같이 점수를 부여했을 때, 단어를 구성하고 있는 알파벳 점수들의 합이 정확하게 100점이 되는 단어를 찾는 퀴즈이다. 많은 사람이 알고 있는 답이 'attitude'인데, 우리 인생에 적용해 보았을 때 의미 있어 보인다.

몇 주 전에 호기심이 생긴 나는 ChatGPT에게 물어보았다. 몇 개의 답을 주었는데 그 가운데는 놀랍게도 'excellent'와 'discipline'이 있었다. 물론 퀴즈 100점을 위해 만들어진 단어들은 아니지만, 시사하는 바가 커 보였다.

진정으로 뛰어난 인재가 되기 위해서는 discipline 과정을 거쳐야 한다는 것을 시사하는 것 같았다. 박성진 교수가 대학원생들을 지도하는 과정과 유사한 것 같아 이 이야기를 나누어 본다.

요즘은 AI시대인데, 미래에 대한 전망은 소극적으로 임하는 사람들과 적극적으로 임하는 사람들 사이에 극단으로 다른 것 같다.

그러나 이렇게 급변하는 시대에도 변치 않는 삶의 원리가 있다. 자신만의 꿈을 꾸고, 이를 실현하기 위한 구체적 전략을 세우고, 이를 강력하게 추진한다면 밝은 미래가 기다린다는 원리이다.

나이 많으신 분들이 사랑하는 유명한 뮤지션 Louis Armstrong의 노래 제목에 있는 'What a wonderful world'가 기다리고 있을 것이다.

미래를 준비하는 학생들과 학생들을 지도하는 위치에 계신 분들에게 좋은 가이드가 될 수 있는 박성진 교수의 책을 꼭 읽어 보시기를 권해 드린다.

# 연구실, 사람을 세우고 미래를 준비하게 하는 공간

나영_중앙대학교 명예교수

『학문 꿈 도전, 건강한 연구실 이야기』는 저자, 박성진 교수가 연구실을 중심으로 평생 품어 온 꿈과 희망, 그리고 교육에 대한 염원을 담아낸 진솔한 책이다.

저자는 박사과정 1년 차 시절부터 학생 한 사람 한 사람이 참 소중한 존재라는 깨달음과 함께 새로운 전환기를 맞는다.

그때 품었던 감동은 LG전자와 미국 대학 연구원, 그리고 모교 교수로 돌아오기까지 이어진다.

오랜 기간 터득한 다양한 경험을 연구실 학생들에게 어떻게 돌려줄 수 있을까? 본서(本書)에서 저자 스스로 질문에 대한 답과 방향을 제시하고 있다.

본서의 큰 강점은 공학자의 시선으로 쓰였지만, 교육과 사람에 대한 따뜻한 마음이 큰 줄기를 이루고 있다는 점이다.

저자는 대학 시절부터 대학원, 기업과 해외 연구 현장을 모두 거치면서 스스로의 고민으로부터 시작해 차곡히 쌓은 이론과 실현을 본서에 아낌없이 담아내고 있다. 자신만의 비전과 통찰로 연구실 정책과 학생들과의 워크숍, 그리고 구체적인 에피소드를 통해 문제를 풀어내고 있다.

　단순히 '열심히 하라'는 훈계가 아니다.
　학생들이 미래의 꿈을 어떻게 발견하고, 어떤 선택을 통해 자신의 길을 걸어가야 할지가 중요하기 때문이다.
　본서에서는 학생 자신만의 노력과 정체성, 그리고 비전이 어떻게 상호 연결되는지를 지속적으로 보여주고 있다. 더 나아가 교육정책위원장으로서 여러 대학의 제도와 동료 교수들의 고민을 경청한 경험까지 녹여내고 있다. 건강한 연구실은 바로 개인의 열정을 넘어서 구조와 문화, 그리고 철학의 문제가 드러나야 한다는 점도 놓치지 않는다.

　본서는 연구실을 운영하는 교수들에게 교육자로서의 초심을 다시 일깨워 주는 값진 거울이 될 것이다. 동시에 대학원 진학을 꿈꾸는 학생들과 이미 연구실에 몸담은 연구자들에게는 "학문과 꿈과 도전이 얼마나 중요한지?"를 알려주고 있다.
　그래서 본서는 그들에게 구체적인 삶의 방향과 지침을 보여주는 친절한 안내서이다. 연구실은 단순히 실적을 내는 공간이 아니라, 사람을 세우고 미래를 준비하게 하는 살아 있는 공간이 될 것으로 믿는다. 이렇게 되기를 기대하며 공감하는 모든 이에게 본서를 기쁘게 추천하고 싶다.

# 연구자 이전에 스승으로 산다는 것

김광재_포스텍 교수

    박성진 교수의 『학문 꿈 도전, 건강한 연구실 이야기』는 교육자이자 연구자로서 쌓아온 경험과 고민을 풀어낸 소중한 기록이다.

    같은 대학에서 지내며 가까이에서 바라본 박 교수는, 연구실을 단순히 연구를 수행하는 공간이 아니라 젊은 인재들이 성장하고 스스로 자기의 길을 찾아가는 배움의 현장으로 여겨 온 분이다. 이 책에는 그러한 생각과 실천이 자연스럽게 녹아 있다.

    겉으로는 '연구실 운영 이야기'를 담고 있지만, 실제로는 학생을 어떻게 가르치고 성장시키는가에 대한 저자의 오랜 성찰이 담긴 책이다. 대학에서 연구가 교육보다 강조되는 시대적 흐름 속에서 연구실은 본질적으로 교육의 자리라는 메시지는 더욱 의미 있게 다가온다.

    『학문 꿈 도전, 건강한 연구실 이야기』는 교수에게는 연구실 운영의 방향을 제시해 주고, 학생에게는 학문과 진로를 바라보는 새로운 관점을 열어주는 책이다. 무엇보다 이 책은 후학을 향한 저자의 진심, 꾸준한 노력과 실천, 그리고 따뜻한 배려가 만든 결실이다. 오랜 시간 다듬어진 이 메시지가 많은 독자에게 깊은 영감과 용기를 전하길 바란다.

# 공학자의 자부심, 건강한 연구실 이야기

김형함_포스텍 교수

　박성진 교수의 『학문 꿈 도전, 건강한 연구실 이야기』는 교수로서의 개인 경험을 차세대 연구자들에게 전하는 비전의 제시인 동시에 공학을 연구하는 연구자들이 견지해야 할 삶의 좋은 모델이다.

　그가 15년여 교육자로서 헌신하는 동안 시도했던 많은 일들은 이공계 시스템의 선순환을 위해 나타나야 할 활동들이다. 오직 자신의 안위만을 추구하는 지금의 시대에 공공의 선과 가치를 앞세우는 그의 스토리를 사람들이 경원시할지도 모르겠지만, 이런 목소리와 관점들은 사람들의 내면에 숨어 있는 선한 영향력과 잊혀진 모티브들을 끌어낼 것이다.

　그의 스토리는 우선 태도에서 출발한다.

　교육자로서 후학들을 양성할 기회를 부여받은 데 대한 감사, 젊은 인생들을 어떻게든 최선의 길로 이끌겠다는 사명감이다.

　마음이 움직이니 열정이 나오고 행동이 뒤따른다. 학생이 꿈을 만들어 가는 과정, "선택- 노력- 정체성과 비전- 위대한 성과"의 과정을 그가 겪었기에 청년들이 그 과정을 더 잘 만들어 나가도록 도울 수 있는 것이다.

　이런 과정을 통하여 성장하는 학생들에게 성공은 당연히 따라오는 자연스러운 성과가 될 것이다. 그 과정을 이끌어가며 느끼는 교육자로서의 행복은 그의 자부심이 되었고, 학생들의 뛰어난 실력과 겸손한 자세로 열매를 맺었다.

지금 시대에는 '하면 된다.'가 옛말이 되었다. '되면 한다.'라고 바뀐 지오래다. 어쩔 수 없다. '하면 된다.'로 살아온 이전 세대가 이룬 것을 지금세대에게 전해주어 더 도전할 수 있게 해야 한다. 부모 세대보다 못사는첫 세대가 되어버린 지금 세대의 상실감을 '도전'으로 채워주는 것이다.

그가 실행해 온 연구실의 많은 정책은 이공계 우수 연구실의 이상적인 모델이다. 그렇게 하지 못하는 교수들이 매우 많다. 이 정도의 정성을 연구실에 쏟아 청년들이 '하면 된다.'라는 성공의 절차를 느낄 수 있도록 해 주는 게 기성세대의 사명이다.


과학자와 공학자의 시대정신을 생각한다.

그의 꿈은 좋은 대학 나와서 좋은 직장에 학생들을 집어넣는 수준이아니다. 인류의 삶의 질을 바꿀 수 있는 과학, 공학 솔루션을 제공하는전(全) 지구적인 수준의 큰 그림이다. 그런 솔루션들이 실제 제품, 프로세스, 서비스가 되어 보다 나은 삶이 되어 가는 성과들을 보고 싶어 한다.

'실리콘 밸리의 IT와 보스턴의 바이오 에코 시스템이 만들어 내는 엄청난 가치들을 우리는 왜 못 만드는가?' 하고 탄식하는 대신, '우리도 만들어 낼 수 있다!'라고 외치는 선언이다.

시장을 이해하고 인간을 배려하는 기술에 도전하는 인재, 훌륭한 인성과시대적 사명감을 지닌 과학자와 공학자가 가져올 변화를 그는 고대한다.

인간을 사랑하는 마음에서 그 첫걸음이 시작됐다.

오픈 랩에서 만났던 후배들에 관한 관심, 공감, 애정이 출발점이다. 이책을 읽는 학생들, 교수들, 연구자들이 그 초심(初心)으로 돌아가 이런의미 있는 일에 인생을 걸 수 있기를 바란다.

# 사람답게 사는 법을 일깨워 주는 교육

김경선_포스텍 교수

교육의 진정한 가치는 학생들에게 사람답게 사는 법을 일깨워 주는 데 있다고 믿습니다. 그렇기에 교육에는 정해진 하나의 정답이 존재하지 않으며, 학생들이 스스로 자신만의 답을 찾아가도록 돕는 것이 우리 교육자의 역할이라고 생각합니다.

이 책은 바로 그러한 교육철학을 담고 있습니다.

저자는 단순히 대학 생활의 노하우를 전하는 것에 그치지 않고, 교수와 학생 모두에게 '어떻게 살 것인가?'라는 본질적 질문을 던지며 그 답을 찾아가는 길을 따뜻한 마음으로 안내합니다.

특히 이 책에서 제시한 "선택-노력-정체성-비전"으로 이어지는 성장의 과정은 배움이 단순한 지식 습득을 넘어 삶을 설계하는 여정임을 명확히 보여줍니다. 학생을 성장하는 사람으로 대하는 교수님의 교육철학은 교육의 진정한 가치가 정답을 가르치는 것이 아니라, 각자가 자신만의 답을 찾아가도록 돕는 데 있음을 다시 한번 일깨워 줍니다.

그 어느 때보다 예측 불가능한 미래를 마주하는 지금, 이 책은 복잡한 정보를 던져주는 대신 '대학 생활을 어떻게 할 것인가?', '미래를 위해 무엇을 준비해야 하는가?'라는 질문에 풍부한 경험과 사례를 통해 명

쾌하게 답합니다.

스펙 경쟁 속에서 자신이 어디로 가야 할지 길을 잃기 쉬운 이 시대에 이 책은 배움의 본질과 삶의 방향을 다시 생각하게 하는 소중한 길잡이입니다.

대학에서 진정한 성장을 꿈꾸는 학생들, 그리고 그 여정을 함께하는 교육자들에게 이 책을 진심을 담아 추천합니다. 평생을 학생들의 곁에서 함께해 오신 교수님의 진심 어린 가르침이 더 많은 이들의 가슴에 닿기를 소망하며 이 귀한 결실에 깊은 존경과 감사의 마음을 전합니다.

# 치열한 현장의 경험과
# 성찰로 빚어낸 단단한 기록

최성진_한양대 경영대학 교수

경영학을 가르치는 나는 공과대학 연구실과는 사뭇 다른 환경에 몸담고 있다. 하지만 제자를 길러내는 일의 본질은 다르지 않기에, 강단에 서거나 연구실에서 대학원 학생들을 대할 때마다 늘 같은 질문 앞을 서성이게 된다.

'성과라는 압박 속에서 어떻게 학생들을 소진(消盡)시키지 않고 연구를 지속하게 할 것인가?' '실적을 찍어 내는 공장이 아닌, 사람을 키워내는 터전으로 연구실을 만들 수는 없을까?'

이 주제를 붙들고 씨름할 때마다 박성진 교수님과의 대화는 평소 내게 큰 울림을 주었다. 그는 차가운 기계공학을 다루면서도 기술이나 성과보다 늘 사람을 더 뜨겁게 이야기했다.

당장의 실적보다는 연구자의 태도를, 숨 가쁜 성취보다는 긴 호흡으로 완성되는 학문의 리듬을 강조했다.

이 책 『학문 꿈 도전, 건강한 연구실 이야기』는 그의 교육철학이 공허한 선언이 아니라, 치열한 현장의 경험과 성찰로 빚어낸 단단한 기록이기에 더욱 값지다.

돌이켜보면 나의 교육관 역시 홀로 다듬어진 것이 아니다.

나의 스승이자 베이징대 교수인 루 장용(Lu, Jiangyong)은 첫 박사 제자였던 내게 연구 방법론을 넘어, 학문을 삶 속에서 지속하는 법을 가르쳐 주었다. 그는 성과보다 연구자가 딛고 선 삶의 리듬이 훨씬 중요하다고 강조했다.

그가 추천했던 《Rhythms of Academic Life》라는 논문을 읽으며 나는 연구와 교육의 본질적 기쁨, 그리고 일과 삶의 균형이 학문의 지속 가능한 토대임을 배웠다. 그 가르침은 지금 내가 제자들을 만나는 방식 속에 고스란히 스며 있다.

교수가 되고 스승의 그늘을 벗어나 독자적인 교육관을 고민할 때, 나에게 가장 큰 영감을 준 학계의 선배가 바로 박성진 교수님이다. 그는 이 책을 통해 교수는 연구자이기 이전에 '스승'이어야 함을 알려준다.

장자(莊子)는 대종사 편에서 "참된 사람이 있은 연후에야 비로소 참된 지식이 있다(有眞人而後有眞知)"라고 했다. 지식(眞知)보다 그것을 담아내는 사람의 그릇(眞人)이 먼저라는 뜻이다. 이 책에는 당장의 성과를 독촉하기보다, 제자가 어떤 사람으로 성장해야 하는지를 먼저 고민해 온 스승의 치열한 시간과 마음이 담겨 있다.

박성진 교수님은 대학 연구실을 단순한 실험 공간이 아닌 하나의 생명 공동체로 정의한다. 신뢰와 존중, 그리고 '사람이 건강해야 연구도 지속된다.'라는 믿음을 구체적인 실천으로 풀어낸 이 기록은 전공을 넘어 대학 사회 전체에 보편적인 울림을 준다.

오늘날 우리 고등교육은 기능적 성과와 강요된 효율의 늪에 빠져있다. 연구의 목적과 교육의 의미에 대한 철학적 성찰은 사라지고, 그 빈자리를 건조한 지표와 순위가 채우고 있는 현실이다.

그렇기에 삭막한 우리의 교육 현장에서 인문학적 소양과 인성, 그리고 '왜 연구하는가?'라는 근본적인 질문을 놓지 않는 저자의 태도는 더욱 빛난다. 교수의 진짜 이력서는 논문 목록이 아니라, 사회로 배출한 제자들의 삶으로 쓰이는 것이다.

이 책은 한 교수의 개인적 회고록을 넘어, 다음 세대 연구자와 교육자들에게 건네는 따뜻한 제안이다. 연구실 운영에 정답은 없을지 모른다. 하지만 사람을 소진(消盡)시키는 곳과 사람을 성장시키는 곳의 차이는 분명하다. 건강한 연구실을 꿈꾸는 모든 교수와, 학문의 길 위에서 방향을 찾는 학생들 그리고 진정한 교육을 고민하는 정책 입안자 모두에게 이 책을 기쁜 마음으로 추천하고 싶다.

# 올바른 인성을 지닌 과학자를
# 체계적으로 기르고 싶은 노력

이근준_대전과학고등학교 전 교장

2023년 지인의 소개로 4일간의 세미나에 참석하게 되었다. 세미나 참석 목적은 행복한 결혼생활과 부부관계의 향상을 위해서였다. 마치는 날 한 강의를 마치고 쉬는 시간에 우연히 이름표 소속란에 포스텍이라고 쓰인 분을 보게 되었다. 몇 번 방문했던 기억이 있고 우리 학교 학생들도 진학하는 학교라서 반가운 마음에 인사를 나누었다. 무엇보다도 부부가 바쁜 중에 함께 참여한 것에 대하여 무척 부럽게 여겨졌다.

이후 2024년 학생들을 데리고 포스텍을 방문하는 기회가 있었다. 9시경 체인지업 그라운드 건물에 들어서니 교수님께서 마중을 나오셨고, 이 벤처생태계를 만드는 데 기여하신 것을 들었다. 나는 이전에 포스텍에 와서 체인지업 그라운드를 처음 보았을 때 크게 감동하기도 했다.

이러한 인연으로 2024년 초고를 보내주셨다. 읽는 내내 저자의 인간미를 느꼈고, 교육의 본질에 대한 성찰과 모범적인 연구실 생태계를 구축하려는 애씀과 헌신을 체감할 수 있었다. 그때 들었던 생각은 '왜 이런 책이 이전에 우리나라에서 출간되지 않았을까?' 하는 의문이었다.

완성본을 보내주셨기에 반가운 마음에 제목과 목차를 보았다. 저자의 교육 철학, 과학자로서 인문학을 대하는 태도, 건강한 연구실을 위한 구축 및 실제, 다양한 경험들… 우리가 생각하고 느낄 수 있는 내용으로 가득했다. 나는 이내 '1장 학문을 시작하기에 앞서'를 읽기 시작해서 '나가는 글, 꿈과 도전을 매개로 한 보람의 전승'까지 자리를 뜨지 않고 단숨에 읽었다.

아마도 이런 경험은 처음인 것 같다. 올바른 인성을 지닌 과학자를 체계적으로 기르고 싶은 저자의 노력이 고스란히 드러난 책이라 여겨진다. 특히 사람을 움직이는 힘은 머리의 지식이 아니라 진심으로 대하는 따뜻한 마음이라는 생각을 더욱더 갖게 되었다.

과학영재학교를 4년간 운영하면서 늘 마음에 짐이 있었다.

'어떻게 하면 훌륭한 인성을 갖춘 과학자를 육성할 수 있을까?'에 대한 고민이었다. 진로 진학 부장님에게 인성교육 과정을 만들어 보자고 했던 기억을 돌아보며 저자와 대화를 나눌 기회가 있었더라면 더 좋은 방안을 찾을 수 있었을 텐데 하는 아쉬움이 있다.

책을 읽으며 실제 영재학교에서도 벤치마킹해 볼 수 있음을 느꼈다. 대학생, 대학원생, 대학교수뿐만 아니라 과학고, 영재학교 학생과 교사, 관리자가 함께 읽었으면 좋겠다는 바람을 가져본다.

# 오랜 시간 지켜본 열정과 헌신,
# '사람을 키우는 시스템'으로 꽃 피다

유주현_경북창조경제혁신센터 대표

저는 대학 시절부터 박성진 교수를 지켜보았고, 이후 포항의 창업생태계 활성화를 위해 치열하게 고민하던 현장에서도 오랫동안 뜻을 함께해 왔습니다. 청년 시절부터 지금까지 곁에서 본 그는 "사람에 대한 따뜻한 진심"과 "목표를 향한 집요한 혁신"을 동시에 품은 사람입니다.

이 책 『학문 꿈 도전, 건강한 연구실』은 제가 보아온 그의 이러한 성품이 교육 현장에서 어떻게 구체적인 열매를 맺고 있는지 보여주는 생생한 증거입니다.

저자는 연구실을 단순히 지식을 주입하는 곳이 아니라, 사람을 경작하는 'Farming'의 터전으로 정의합니다. 대학 시절부터 주변을 배려하던 그의 따뜻한 성품은 구성원을 있는 그대로 포용하는 'Accepting Spirit'으로, 척박한 창업 현장에서 보여준 혁신적인 도전정신은 제자들을 한계 너머로 이끄는 'Winning Spirit'으로 연구실 철학 속에 고스란히 녹아 있습니다.

무엇보다 이 책의 미덕은 이러한 철학이 이상론에 머물지 않고, "선택-노력-정체성과 비전-위대한 성과"라는 체계적인 성장 단계와 정교한 운영 시스템으로 구현되었다는 점입니다. 신입생 비전 에세이 작성, 투명한 예산 운영, 멘토십 프로그램 등은 그가 교육자로서 얼마나 치열하게 고민하고 실천해 왔는지를 보여줍니다.

　박성진 교수의 『학문 꿈 도전, 건강한 연구실 이야기』는 지난 15년간 그가 교육 현장에서 다듬어 온 이 '건강한 연구실' 모델이 미래를 고민하는 청년 연구자들과 조직 문화를 고민하는 리더들에게 훌륭한 길잡이가 되어 주리라 확신하며 일독을 권합니다.

"

대학의 연구실은 교육하는 교수와 교육을 받는 학생으로 구성된다. 연구실에서 학문과 연구를 시작하기 전, 교수와 학생의 입장에 관해 이야기하는 것이 좋은 순서라는 생각이 든다. 우선 대학교수는 '교육자로서의 인식과 사명을 가지기 위해 교육의 위대한 가치에 대한 이해가 필요하다.'고 생각한다. 또한 교육자로서의 태도인 겸손을 소개하고자 한다. 다음으로 미래가 창창한 젊은 학생은 '꿈과 비전에 관한 질문을 많이 받는데, 이에 대해 어떻게 건강한 미래를 만들어 갈 수 있는가?'에 대한 고민을 공유하고자 한다. 그리고 스티브 잡스가 언급한 '인문학과 결합된 기술'이라는 표현에서 인문학에 대해 간략하게 설명하고자 한다.

PART 1.

# 학문을 시작하기에 앞서

# 교육의 가치와 겸손의 필요성

교수가 되었다는 것은 엄청난 특권이다. 국가의 미래 인력을 맡은 것이다. 학생들에게 각자의 미래를 설계해서 가치 있고 행복한 삶으로 나아갈 수 있는 기반을 제공할 수 있다. 이를 잘 수행하기 위해서 교수는 사명감이 필요하다.

교수로서의 사명감을 제공하는 교육의 가치는 무엇일까? 그런데 교수는 완전한 교육을 제공하기에는 한계를 가진 부족한 인간이다. 이를 인정하는 겸손이 필요하다. 이에 대해 고민해 보자.

## 교육의 가치

영원한 삶을 누리길 원하는 인류의 소망은 다양한 노력을 기울이게 했다. 고대 동양에서는 진시황이 불로초를 찾기 위해 많은 사람을 동원했고 서양에서는 연금술로 불로장생의 길을 찾으려 노력했다. 또한 인간의 한계인 죽음을 극복하고 싶은 바람으로 수많은 종교가 탄생했다. 오늘날에 이르러 인류는 단순히 오래 사는 것을 넘어 삶의 질을 논의하고 있다.

인류의 근원적인 질문인 영원한 삶에 대해 교육적 측면에서 바라보고자 한다. 사람들은 살아오면서 얻게 된 가장 소중한 가치와 철학을 후대

44

에 물려주고자 한다. 그것은 자기의 육체는 사라지지만, 정신은 후손들의 마음속에서 영원히 살기를 바라기 때문이다. 이것이 궁극적이고 위대한 교육의 가치이다.

우리는 흔히 무엇인가를 깨달았거나 큰 성공을 이룬 사람들이 교육에 힘쓰는 경우를 보게 된다. 이러한 노력에는 인생을 통해 깨달은 소중한 가치들을 후손에게 전하고자 하는 간절한 교육적 소망이 담겨 있다.

사회 구성의 가장 기본이 되는 단위인 가정에서도 이와 같은 교육의 가치를 발견할 수 있다. 자신이 사랑하는 배우자와 함께 새 생명을 낳고 이 자녀들에게 부부가 인생을 살면서 깨달은 가장 소중한 정신을 본보기로 물려주는 것이 가정교육이다.

그래서 부모가 육체적으로는 사라지지만, 그 정신은 자신의 분신인 자녀를 통해 영원히 살아간다. 이것이 그 가정의 정체성이며, 이 정신을 잘 계승·발전시키려는 것이 바로 그 가정의 비전이다. 개인의 삶에 있어서 이러한 가정교육보다 더 중요한 가치가 또 있을까?

개인을 보호하는 국가에서도 이와 같은 교육이 필요하다.

우리나라의 역사 안에서 연약함과 위대함을 동시에 발견할 수 있다. 조선 후기에는 나라가 멸망하고 일본의 식민지 지배를 겪을 수밖에 없었던 비참함과 연약함을 깨닫게 된다.

대한민국은 세계에서 가장 가난했던 국가로 출발하여 산업화와 민주화의 성공을 동시에 이루면서 전 세계를 놀라게 했고, 개발도상의 국가들에게 희망을 주는 위대한 역사를 만들어 냈다. 이러한 연약함의 원인과 위대함의 이유를 후손들에게 잘 계승하는 것이 역사의식과 국가의 정체성을 견고하게 하는 뿌리이고, 구성원을 하나로 묶어주는 역할을 할

뿐만 아니라 통합된 큰 힘을 만들어 낼 수 있다.

이러한 국가적 교육의 사례로 미국의 교육 기부를 들고자 한다.

미국은 이민으로 이루어진 나라이며, 현재에도 계속 이민자들이 유입되고 있다. 미국의 건국 정신을 모르는 이민자들이 1인 1표라는 자유민주주의 제도를 통하여 미국 정체성에 위협이 될 수 있다는 사실을 건국 당시의 지도자들은 인식하고 걱정하였다고 한다. 이들은 이 위협을 극복할 방법으로 이민자들과 그 자녀들에 대한 교육을 통해서 가능하다고 생각하여 교육에 대한 기부를 시작하였고, 지금까지 이어지고 있다. 이것이 미국 교육 기부의 근원적인 철학이며, 그 결과 미국 전체의 기부금 중 종교 부분에 이어 교육 영역이 2위를 차지하게 되었다.

이와 같은 가치관 교육은 강압적인 교육이 아니라 마음의 깊은 곳에서 감동으로 만들어질 때 진정한 변화를 가져올 수 있으며, 역사와 정체성을 바탕으로 건전한 공동체의 미래 비전을 만들어 낼 수 있다.

## 겸손의 필요성

교육은 중요하지만, 교육하는 주체는 여전히 불완전한 사람이다.

"나는 교육을 할 만큼 완벽한 사람인가?"

"나는 완벽한 교육을 받은 경험이 있는가?"

이런 질문에 자신 있게 대답할 사람이 있을까? 그래서 우리는 교육에 있어서 겸손하고 겸허하게 임해야 한다. 교육을 받는 학생도, 교육하는 교육자와 같은 불완전한 사람이다. 여기에 또한 교육의 묘미가 있다. 교육을 거의 받지 못한 것 같은데 위대한 인물이 배출되기도 하고, 최고의 교육을 제공했는데도 실패하는 인생을 우리는 종종 발견하고 의아하게 생각하며 교육의 어려움에 대해서 고민하기도 한다.

또한 교육의 방법론에서도 학생들을 이끌어 주는 프로그램이 중요한지, 아니면 자율성을 주고 잠재력을 표출할 수 있는 플레이그라운드가 필요한지, 이 둘을 어떻게 조합해야 할지에 대한 어려운 문제에 직면하게 된다. 이렇게 주체와 방법론에 대한 고민 자체가 우리의 불완전함의 증거이고, 또한 우리를 겸손으로 이끌어 간다.

우리는 또한 역사로부터 겸손을 배울 수 있다.

인간과 역사에 대한 깊은 이해 없이 때 묻지 않은 순수한 마음으로 바라보면, 사회는 부조리하고 약육강식처럼 느껴진다. 하지만 인생의 역경을 경험하면서 또 인류의 역사를 탐구하면서 인간은 이기심과 이타심 모두를 가진 존재이며 세상은 이러한 사람들로 구성된 수많은 이해관계가 다른 집단들이 얽히고설켜 만들어진 역사적인 산물이라는 사실을 비로소 이해하게 된다.

이러한 직관과 경험 사이에서의 이성의 한계, 이것이 많은 철학자가 고민하는 핵심 질문 중 하나이며 우리를 겸손하게 만든다.

위기 때 위대한 지도자가 출연하여 큰 영향력을 미치고 중심적인 역할을 하지만, 이 지도자도 전지전능한 신이 아니라는 것을 우리는 알고 있다. 지도자가 주위의 많은 사람의 마음에 큰 영향을 끼쳐 도전적인 시대정신이 만들어지고 많은 이들의 노력과 희생이 동원되기 시작하여 지도자조차 상상하지 못한 새로운 시대(時代)가 만들어지는 것이다.

또한 '역사는 반복된다.'라는 격언에서 우리는 역사로부터 교훈을 배우기가 쉽지 않다는 것을 인정하는 겸허한 자세가 필요하다. 물론 우리는 역사로부터 배우는 교훈이 있다.

하지만 역사를 통한 배움이 제한적이기 때문에 우리에게 필요한 모든 교훈을 배울 수 없다는 의미로 해석할 수 있다.

이런 관점에서는 프랜시스 후쿠야마가 그의 저서 『트러스트』에서 기술한 것과 같이 갑과 을이 싸우는 분열적인 역사의식이 아니라, 갑도 좋은 을이 필요하고, 을도 좋은 갑이 필요하다는 인간에 대한 이해가 전제된 겸허하고 통합적인 역사의식과 세계관이 필요하다. 그러므로 우리는 가정과 국가와 세계의 역사를 배우는 학생으로서, 또한 그 역사를 가르치는 교육자로서 한 사람의 계획이 세상의 시스템을 만들어 낼 수 있다는 교만에서 빠져나와 역사와 현실 앞에서 겸손할 수 있는 것이다.

# 꿈은 어떻게 만들어 가는가?

어른들은 아주 쉽게 학생들에게 "꿈이 무엇이냐?"고 질문한다.

교수로서 또한 한 인생으로서 "과연 꿈은 어떻게 만들어지는 것일까?"에 대한 고민 끝에 아래와 같이 정리를 하게 되었다.

미래를 만들어 가기 위한 첫 번째 단계는 모든 사람이 피할 수 없는 인생의 기로(岐路)에 직면하는 선택의 순간이다. 선택을 내린 후에는 이 선택이 옳은 선택이 되도록 열심히 노력해야 한다. 노력하는 과정에서 방향이 중요한데, 방향을 잡기 위하여 자신의 정체성에 기반한 꿈을 만들어 가면서 자신이 선택한 분야에서 위대함의 경지에 오를 수 있도록 젊음과 열정의 불꽃을 태우게 된다.

이런 관점에서 꿈을 찾고 미래를 만들어 가는 과정을 '선택, 노력, 정체성과 비전, 그리고 위대한 성과'라는 네 가지 단계로 학생들에게 제시하고자 한다.

## 선택1-내면을 찾아가는 과정

첫 번째 단계는 선택이다.

선택은 참으로 어렵다.

어떻게 하면 자신을 위해 최선의 선택을 할 수 있을지 생각해 보자.

첫 번째 단계는 인생에서 중요한 선택이라 할 수 있는 대학과 학문 분야를 결정하는 일이다. 대학에서 학과를 선택하는 일은 무엇보다도 중요한 선택의 순간이다.

하지만 아이러니하게도 우리는 가장 중요한 첫 번째 선택의 과정을 경험해 본 후에 선택할 수 없으므로 선택 대상에 대한 편협한 시각을 가진 상태에서 선택을 내릴 수밖에 없다.

대학에서 기계공학과를 공부한 후 졸업할 즈음에 고등학생들이 기계공학과에 관하여 이야기하는 것을 들어보면 우스꽝스럽게 느껴지는 이유도 바로 여기에 있다. 대학에서 4년이나 공부하고 깊은 고민 후에 대학원 진학을 선택했을 때도 막상 실험실에 들어가서 연구하다 보면 자기의 생각과 너무 다르다는 것을 알게 된다.

마찬가지로 학위를 취득한 후 사회에 나아가면 자기의 생각과 현실의 간격은 훨씬 더 크다는 것을 깨닫게 된다. 실제로 박사학위를 받은 후 사회생활을 하는 사람들을 관찰해 보면 학위과정 때 하던 연구와는 상당히 거리가 있는 분야의 일을 하는 사람들을 아주 쉽게 찾아볼 수 있다.

이런 관점에서 보면 어떤 전공을 선택하는 것보다 전공을 선택하고 전문지식을 습득해 가는 과정이 훨씬 더 중요할 수 있다. 그렇다면 이러한 간극을 좁히고 어떻게 현실을 정확하게 인식하는가의 문제를 해결하기 위해 학생들은 무엇을 해야 할까?

매트 리들리의 저서 『본성과 양육』에 따르면 사람의 특성은 유전적으로 가지고 태어나는 것이 70%, 후천적인 환경과 노력으로 만들어지는 것이 30%라고 한다.

이러한 예로 야구를 꽤 잘하는 한 선수가 프로야구단에 처음 입단해서 리그 최고의 타자가 프리 배팅을 하는 광경을 보면 "자신은 안 되겠구나!" 하며 절망하기 쉽다.

그러나 자신이 어떤 DNA를 가지고 태어났는지를 모르기 때문에 이를 찾아가는 과정이 필요하다. 이를 위해 자신의 마음에 끌리는 분야를 탐구하느라 밤을 새우고, 힘들어도 하고 싶은 부분을 찾기 위해 자기의 내면을 관찰하는 부분과, 자신의 경계를 넓혀 새로운 경험을 하는 두 과정의 조화를 통해 자신의 길을 찾아갈 것을 조언한다.

자녀와 제자의 태어난 DNA를 발견할 수 있도록 도와주는 것이 부모와 교수의 역할일 것이다. 자녀와 제자를 관찰하면서 그들의 내면에 잠재해 있는 것을 발견하거나 다양한 경험을 제공함으로써 내면에 있는 것들이 드러나도록 도울 수 있다.

## 선택2-정보를 모으고 의사결정 하는 과정

다음으로 가능한 한 최고의 정보들을 모아야 한다.

특히 경험이 비슷한 또래 친구보다는 그 분야에서 10년 이상 경험이 많은 교수나 선배들을 찾아가 높은 안목과 식견으로부터 나오는 정보들을 수집하는 것이 좋다. 사실 학생의 입장에서 또래 집단 사이에서의 경험은 일천하고 큰 차이가 없다.

대학교 1학년은 고등학교 3학년 후배들에게 많은 정보를 제공해 줄 수 있지만, 1년만 지나면 정보의 수준이 비슷해진다. 교수나 관련 업계 선배 등 관심만 가지면 만날 수 있는 전문가들이 주변에 많이 있다.

정보를 수집한 이후에는 자신이 모은 정보들을 바탕으로 선택에 따른 최상의 시나리오와 최악의 시나리오를 상상하며 숙고해 본 후, 각각의 시나리오에 대해 충분히 대비되어 있는지 살펴보아야 한다.

선택의 순간이 오면 최악의 시나리오가 발생할 때도 후회하지 않을 만큼 자신이 좋아하는 분야이고 이 선택에 따른 모든 책임을 스스로 질 것이라는 책임감을 바탕으로 결정을 내린다.

마지막으로 결정을 내린 후에는 '나는 이 분야를 위해서 태어났다.'라는 믿음을 갖고, 이 선택이 최선이라며 자신을 설득해야 한다. 다시 말해 선택 이전의 상황은 모두 잊고, 선택한 자신의 결정을 믿으며 그 판단이 옳았음을 스스로 증명하기 위해 최선을 다해야 한다.

## 선택3-선택에 관한 스티브 잡스의 이야기

선택과 관련하여 잘 알려진 애플의 CEO인 스티브 잡스의 이야기를 언급하고 싶다. 스티브 잡스는 태어나자마자 입양되어 양부모 슬하에서 자랐다. 생모는 자기의 아들을 입양하는 가정의 조건으로 아들을 대학을 보낼 수 있는 가정을 원했다.

그러나 입양 후 양부모가 너무 가난해서 대학을 보낼 수 없다는 것을 알게 되었고 입양을 취소하려 하였다. 하지만 양부모는 이 아이를 너무 원했기 때문에 아이를 꼭 대학에 보내겠다는 약속을 하고 최종적으로 입양 허락을 받았다.

어려운 형편에도 양부모는 스티브 잡스를 대학에 보내기 위해 돈을 모았고 마침내 스티브 잡스는 대학에 입학하였다. 하지만 그는 양부모가 어렵게 모은 돈을 등록금으로 쓸 만큼 대학이 가치 있는 곳이 아니라는 판단 아래 대학을 중퇴하고 친구의 기숙사에서 지내며 자신이 하고 싶은 일들을 마음껏 시도해 보았다.

그 가운데 하나는 서체 수업을 몰래 듣는 것이었는데, 당시에는 쓸모 없어 보였지만 예술적인 필기체와 필법에 대해 배우는 것이 재미있다는 이유만으로 매우 즐거운 시간이었다고 한다. 그리고 그때 배운 서체 기법들은 후에 애플이 혁신적인 디자인을 창조하는 데에 중요한 역할을 하게 되었다. 그가 단순히 호기심과 직감만을 믿고 저질렀던 일들이 후에는 정말 값진 경험이 되어 돌아온 것이다.

이후 양부모의 집 차고에서 애플을 창업하였고, 이 회사가 크게 성장하였다. 하지만 투자자들의 대학을 졸업하지 못한 CEO에 대한 불신으로 스티브 잡스는 결국 해고당했다. 인생의 아픔을 아내의 사랑으로 극복하고 새로운 컴퓨터 관련 회사인 넥스트, 새로운 기술로 애니메이션 영화를 만드는 픽사 스튜디오 등의 회사를 창업하고 인수하면서 사업자로서 제2의 인생을 시작했다.

애플이 고전하면서 넥스트와 합병하는 과정에서 스티브 잡스는 다시 애플의 CEO로 돌아오게 되었다. 이후에 iPod, iPad, iPhone 등의 혁신적인 제품들이 출시와 함께 폭발적인 인기로 성공을 거두면서 애플을 현재의 애플로 크게 성장시키며 자신의 탁월성을 증명했다.

이후 스티브 잡스는 2005년 6월 스탠포드대학의 졸업식 연설로 초청을 받았다. 이 세상에서 가장 똑똑하다고 자부하는 교수들과 학생들이 대학도 졸업하지 않은 스티브 잡스에게 배우겠다고 그를 초청한 이 졸업식 장면, 이것이 항상 역전(逆轉)이 가능한 인생의 아이러니한 묘미가 아닐까 생각하게 된다. 이 연설에서 스티브 잡스는 새로운 시작을 앞둔 젊은이들에게 자신의 인생에서 배운 중요한 교훈을 나눈다.

이 교훈은 "본인이 진정으로 원하는 일을 찾아라."하는 것이다. 이렇게 자신의 인생을 만들어 가야 자신의 존재 근원에서 나오는 힘으로 세상에 영향을 줄 수 있다는 것이다. 부모나 교사 또는 친구의 인생과 꿈을 대신 살아간다면 그렇게 큰 에너지가 자신으로부터 나올 수 없다.

어떠한 선택에도 열매를 맺기 위해서는 어려움을 직면하는데 자신이 정말 하고 싶은 일을 해야 이 어려움을 극복할 수 있는 내적인 힘이 나온다는 것이다. 이처럼 "우리 내면의 목소리와 영감은 우리가 정말로 무엇을 원하는지 알고 있으므로 그것을 믿고 따라가는 용기를 가지라!"라고 스티브 잡스는 말한다. 우리는 보통 모든 상황을 다 분석한 후 선택하기보다 직관적으로 선택을 하고 그에 대한 이유를 설명한다.

## 선택4-자신의 인생을 만들어 가는 선택

현재 많은 학생에게 세상이 요구하는 피상적이고 형식적인 스펙 쌓기를 추구하기보다는 자기의 내면에 있는 것들을 꺼내어 자신의 인생을 만들어 가는 과정이 더 중요하다. 이런 의미에서 저자는 'make'라는 영어단어를 좋아한다.

Make your own life!

세계적인 스포츠용품 회사인 나이키의 광고처럼 "Make history or just be part of history!"는 자신의 선택에 달려 있다.

이렇게 내면의 목소리를 주의 깊게 듣고 영감을 따라가며 자신이 진정으로 원하는 일을 찾아가는 과정은 대학 생활에서 매우 중요한 부분이다. 우리는 인생의 3분의 1은 일을 하며 보내게 될 것이고, 이러한 일에서 재미를 찾을 수 없다면 인생의 큰 즐거움을 포기하는 것이기 때문이다.

물론 가정과 직장 및 그 이외의 개인 생활에서 균형을 가지고 살아가는 것 또한 중요하다. 이 중 하나라도 소홀히 하면 풍성한 삶을 포기하는 것이다. 요즘 젊은이들은 이전 세대가 가정을 소홀히 하면서 너무 일에만 치중했던 삶을 보아서 그런지, 아니면 직장에서 열심히 해서 성공하는 것을 힘들게 느껴서인지 일에 대한 꿈을 줄이고 가정과 개인 삶의 영역을 너무 강조하는 경향도 있는 것 같다.

　명예(名譽)나 부(富) 같은 보상이 따르지 않더라도 밤을 지새울 만큼 몰입하고, 몸이 지쳐도 계속하고 싶은 그런 일을 찾아 선택하려는 의지가 필요하다. 실수가 있더라도 이런 부분을 젊은 시절에 스스로 연습해 나가야 이후 인생에서 정말 중요한 결정을 할 수 있다.

　선택은 고독한 과정이다. 그래서 실수를 용납할 수 있는 용기가 필요하다. 학생 시기는 아직 젊고 실수에 대한 책임과 영향이 적으며 학교의 울타리와 사회로부터 보호를 받을 수 있는 시기이다.

　실수는 젊은이들의 특권 중 하나이다. 부모나 교수 같은 경험이 풍부한 사람들이 대신 결정을 내려주면 실수도 줄이고 더 나은 결정을 할 수 있겠지만, 학생들은 스스로 결정하는 연습 기회를 잃게 된다. 부모에게 "부모님 의견을 잘 들었습니다. 하지만 이것은 제가 결정할 일입니다. 도와주세요."라고 말할 수 있는 용기가 필요하다.


　저자는 LG전자 연구원으로 근무할 때 2억 원의 연구비를 제공하면 새로운 기술 개발로 매년 20억 원을 절감할 수 있는 프로젝트를 제안한 적이 있다. 실제로 이 과제는 실무자들과 충분히 상의한 후 책임자들의 허락도 받았는데, 최종 발표에서 공장장이 의자를 뒤로 돌려 앉아 2~3분 정도 생각한 후 과제를 승인해 주었다.

　저자는 저녁 식사 시간에 2~3분 동안 어떤 생각을 했는지 공장장에게 물었고 그는 자신의 결정이 냉장고사업부 직원 1,000여 명에게 영향력을 미칠 수 있으니 신중(愼重)하게 판단하기 위해 이런저런 생각을 했다고 했다. 학생들이 미래에 이런 위치에서도 고독하게 또 용기 있게 의사결정을 할 수 있도록 젊은 시기에 스스로 결정하는 연습의 기회를 제공해야 한다.

# 노력은 실력을 기르는 과정

첫 번째 단계를 통과했다면 이제 이 선택이 최고의 선택이 되도록 하기 위한 노력이 기다리고 있다. 성공한 사람들이 쏟아부은 엄청난 노력을 살펴보고 진정한 노력이 만들어 내는 마법 같은 역동성(力動性)에 관해 설명하고자 한다.

## 진정한 프로를 만드는 노력~

'오늘 내가 흘리는 땀과 노력만이 내 미래를 만들 수 있다.'

이런 믿음이 있어야 한다. 대학에 입학한 학생은 자신의 분야에서 minor league가 아닌 major league에서 활동할 수 있도록 능력을 끊임없이 개발하기 위한 부단한 노력이 필요하다.

이러한 노력에는 학생 스스로가 대학에 입학함과 동시에 '나는 프로다.'라는 생각과 자세가 뒷받침되어야 한다. 프로야구를 보면 고등학교 졸업 후에 바로 major league에서 뛰고 있는 선수들을 볼 수 있다. Major league에서 뛰기 위해서 어느 정도의 노력이 필요한지는 프로 운동선수뿐만 아니라 예술가, 컴퓨터 프로그래머 등 다양한 사례를 통해 엿볼 수 있다.

• 모든 프로야구 선수가 꿈꾸는 미국의 MLB에서 뛰어난 타자로 활약한 추신수가 지인을 방문하러 일본에 입국하는 도중 공항 검색대에서 문제가 발생했는데, 그 원인은 다름이 아니라 추신수가 몸에 지닌 납덩어리였다고 한다. 촌음을 아껴가며 훈련하기 위해 3kg 정도 무게가 나가는 납 주머니를 양 발목에 차고 걸어 다니면서 운동을 한 것이다. 그는 잘 때도 이 납 주머니를 차고 자며, 시합할 때만 푼다고 한다.

• '국민타자,' '라이언 킹,' '아시아 홈런왕' 등으로 불리며 한국과 일본에서 활동했던 야구 스타 이승엽 선수의 모자 안쪽에는 "진정한 노력은 결단코 배신하지 않는다."라는 글이 쓰여 있다.

고교 시절부터 힘들고 어려움이 있을 때마다 노력으로 이겨내기 위해 스스로 되새기는 말이라고 한다. 그는 하루에 1,000번 정도의 스윙 연습을 하며, 스프링캠프 때 손바닥의 굳은살이 세 번 벗겨진 후에야 한 시즌이 준비되었다고 생각했다.

• 국가대표 유격수 출신인 김재박 감독은 공으로 하는 것에는 재능이 있어서 초등학교 5학년 때 야구를 시작했다. 하지만 키가 작아서 진학할 때 항상 힘들었다. 고등학교 진학할 때도 갈 곳이 없어서 새로 야구부를 창단한 학교에 갔는데 신생 야구부로 승리는 모르고 거의 패배만 했다고 한다. 대학교 진학 때도 갈 곳이 없어서 고민하던 중 다행히 재창단한 대학교에 진학할 수 있었지만, 경기에서 계속 졌다. 대학교 1학년 가을에 '이렇게 해서는 먹고 살기 힘들겠다.'라는 생각이 들어 독한 마음을 품고 매일 같이 혼자서 집의 뒷산을 오르는 지옥 훈련을 했다. 그는 이렇게 1년을 노력하니 국가대표로 발탁될 수 있었고, 그때의 1년이 자신에게 평생 야구의 기반이 되었다고 말한다.

• 아시아 선수로서는 최초로 미국 NBA에서 영입 제의를 받았던 이충희 농구 감독은 중학교 때 150cm의 작은 키로 최고의 선수가 되기 위해 하루 1,000번의 슈팅 연습을 11개월 동안 반복했다. 그것도 골인이 된 것만 세었다고 한다. 수건으로 눈을 가리고도 성공할 정도로 훈련을 반복하니 림이 크게 보여 남들보다 잘할 수 있었다. 그는 "운동신경이 둔하고 유연성도 그저 그래서 뭐든 남들 두 배는 시도해야 했던 자신이 농구에서 성공할 수 있었던 이유는 100% 노력 덕분이었다. 열심히 하는 것은 누구나 할 수 있으므로 얼마나 미치느냐가 차이를 만들 수 있다."라고 말한다. 이러한 수준의 몰입은 서울대학교 황농문 교수의 저서 『몰입』에서 잘 설명되어 있다.

• 동계올림픽게임 피겨스케이팅 여자 싱글 부문에서 금메달을 딴 김연아 선수도 친구들과 함께 떡볶이를 먹으면서 수다를 떨고 싶었지만, 이런 부분을 희생하고 수만 번 엉덩방아를 찧는 노력으로 역대 최고의 점수를 올렸다. 대가가 없는 영광은 없다.

• 세계적인 독일 슈투트가르트 발레단의 강수진 수석 발레리나의 발 사진이 화제가 된 적이 있다. 그녀의 우아하고 화려한 이미지와는 전혀 어울리지 않는, 피멍이 들고 발톱은 몇 차례나 빠진 듯 뒤틀어지고 거듭된 상처로 옹이가 박힌 볼품없는 발이었다. "발레를 하면 거의 매일 아픔을 느끼기 때문에 통증을 친구로 여기게 되었다."라던 그녀는 하루에 19시간씩, 1년에 1,000여 켤레의 토슈즈가 닳도록 춤을 추며 인내와 노력의 시간을 보내어 마침내 최고의 자리에 오를 수 있었다. TV에서는 그녀의 발을 '세상에서 가장 아름다운 발'이라는 자막과 함께 방영했다.

• 하버드대학교를 중퇴한 후 친구들과 함께 창업한 마이크로소프트를 소프트웨어 세계의 거인으로 만들어 놓은 빌 게이츠는 중학생 시절부터 컴퓨터실에서 살다시피 하며 프로그램을 연습했다. 컴퓨터를 이용하기 위해 남들이 자는 새벽 시간마다 도둑고양이처럼 밤길을 걷는 등, 하버드대학교를 중퇴할 때까지 7년간 그는 평균적으로 하루에 8시간, 주말에는 20~30시간을 컴퓨터실에서 보내며 프로그래밍에 몰입했다. 말콤 글래드웰의 뛰어난 책 『아웃라이어』의 '1만 시간의 법칙'에 영국의 전설적인 락밴드인 비틀즈와 함께 빌 게이츠가 소개되고 있다.

• 캘리포니아대학교 버클리를 졸업한 후 선마이크로시스템이라는 실리콘밸리 기업을 창업하고 세계에서 인터넷 접속을 위해 필요한 소프트웨어를 가장 많이 만들어 낸 프로그래머 빌 조이는 '현대 컴퓨터 역사에서 가장 영향력 있는 사람 중 하나'라고 불린다. 그는 미시간대학교에 입학 후, 강의실보다 24시간 열려 있는 컴퓨터센터에서 더 많은 시간을 보내며 밤새 프로그래밍을 연습했고, 캘리포니아대학교 버클리에서는 세 번쯤 키보드에 머리를 박고 나서야 잠들 정도로 밤낮으로 프로그래밍 기술을 갈고닦았다.

• 스티브 잡스는 애플을 창업하고 투자를 받기 위해 100번이 넘는 투자설명회를 열었다. 그는 투자자들이 애플의 사업모델을 이해하지 못하는 것은 애플의 아이디어가 정말 혁신적인 것이라 믿고 포기하지 않았다. 그러던 중 예전에 투자설명회를 들은 투자자가 다시 찾아와 투자를 해주어 지금의 애플이 살아갈 수 있었다. 성공의 다른 말은 포기하지 않은 노력이다.

# 불가능을 가능케 만드는 노력이라는 마법

노력하지 않는 자신을 위한 위로는 거짓이다.

현실의 어려움과 기존 제도의 불합리성은 늘 있다. 이런 부분을 부각해 자신의 현실을 합리화하고, 진정한 노력을 방해하는 게으름과 자포자기는 일종의 마약과도 같다.

건전한 정신은 불합리성과 어려움을 인정하고 이를 뛰어넘을 수 있는 실력을 기르기 위해 자신을 단련하고 노력하는 것이다.

노력은 아름다운 것이다.

진정으로 노력하는 학생을 보면 감동이 되고 더 도와주고 싶은 마음이 생긴다. 야구 국가대표 상비군 김성한 코치가 김현수 선수를 코치할 때, 자신의 코멘트를 매우 집중적으로 듣고 어떻게 되었든 자기의 것으로 만들려고 끊임없이 노력하는 그에게 감동해서 계획하지 않았던 것까지 가르쳐주고 싶은 생각이 들었다고 한다. 그렇다. 진정성 있는 순수한 노력은 주변을 감동시키고 새로운 기회를 연결하는 마법이 된다.

이처럼 프로가 되어 major league에서 활동하기 위해서는 그냥 열심히 하는 것이 아니라 정말 최선의 노력을 기울여야 한다. 모두가 진정으로 열심히 하루하루를 살아야 major league에 진입할 수 있다.

미국 프로농구 스타인 스테판 커리는 "위대한 스타가 되기 위해서는 매일 진행하는 루틴을 지겹게 생각하지 말고 익숙해져야 한다."라고 일상의 중요성을 언급했다.

아이가 하루 세 번의 식사로 육체적으로 성장하듯이 하루하루 열심히 사는 것이 쌓이면 그것이 습관의 근육이 되고, major league에서 뛸 수 있는 몸이 만들어질 수 있는 것이다.

우리는 TV에서 부상을 겪은 후 프로 선수들이 다시 몸을 만드는 데 꽤 시간이 걸린다는 내용의 인터뷰를 종종 들을 수 있다. 매일 열심히 살지 않는다면, 혹시 운 좋게 일생의 기회를 만났다 할지라도 몸이 준비되지 않았기 때문에 그 기회를 살릴 수 없을 것이다. 따라서 지금부터 자신을 고만고만한 주위의 친구들과 비교하여 상대적 만족과 안일함에 머무는 것이 아니라, 앞으로 진짜 자신과 경쟁할 사람들이 지금 어떻게 몸을 만들고 있는지 생각해야 한다.

좋은 대학은 취업할 때 도움이 될 수 있지만, 취업 후에는 대학 이름이 아닌 진짜 실력으로 승부를 해야 한다. 국내의 경쟁을 통과한 스포츠 선수들이 국가대표가 되어 다른 나라 대표들과 시합을 하면서 몸을 부딪쳐 보고, "아! 나도 하면 되는구나!" 하는 자신감을 얻어 결국 자신들이 상상하지 못한 미국의 major league에서도 뛸 수 있게 되는 것이다.

사실 중요한 것이 하나 더 있다. 다른 사람과의 경쟁에 앞서 "나는 열심히 하고 있는가?"에 대한 진짜 대답이 "나의 한계를 느끼고 있는가?" 이어야 한다는 점이다. 나의 체력과 정신력과 실력과 지식에 한계를 느끼는 것이다. 내가 성장한다는 것은 나의 잠재력의 한계를 느끼고 그것을 극복하면서 형성되는 것이기 때문이다. 즉 다른 사람과의 경쟁 이전에 자신과의 경쟁이 먼저이다.

# 정체성과 비전, 인생의 방향을 정한다

　자신의 한계를 극복하는 노력의 다음 단계는 정체성(正體性)과 비전을 찾는 것이다. 노력으로부터 어떻게 정체성을 찾아가는지 또한 정체성에서 어떻게 비전이 나오는지 살펴보자.

## 노력으로부터 정체성 찾아가기

　피땀 흘리는 노력으로 매일매일 살다 보면 엄청나게 많은 정보가 자신의 마음에 들어오게 된다. 정보가 많아지면 어떤 경우 혼란스러워지고, "내가 왜 이렇게 열심히 하지?"라는 생각이 들기도 한다. 이 시점에서 필요한 것이 정체성에 관한 질문이다. 이 질문만이 수많은 정보를 모두 엮을 수 있기 때문이다.

　따라서 학생들은 하루하루 열심히 노력하는 동시에 "내가 공부하는 학문 분야는 무엇인가?" 또는 "이 학문의 학자란 누구인가?"에 대하여 자기 자신에게 끊임없이 질문하고 고민하면서 자신만의 언어로 된 이 '학문'과 '학자'에 대한 정의를 가지도록 노력해야 한다.

　영국 프리미어리그 맨체스터 유나이티드 FC의 박지성 선수는 쉬는 시간에도 축구에 관련된 책만 골라 읽었다고 한다. 이처럼 우리도 자신의 정체성에 대하여 끊임없이 생각하고 고민해야 한다.

　저자의 경우에는 '기계공학이란 무엇인가?' '기계공학자는 누구인가?'에 대하여 계속 생각하며 관심을 가지고 자기의 내면에 작은 정보들을 쌓아나갔다. 누가 기계공학이나 기계공학자에 관하여 이야기하면 귀가 기울여지고 새로운 정보들을 받아들이게 된다. 교수는 물론 선배와 친구, 책 또는 인터넷을 통하여 정보를 얻을 수도 있고, 자신의 일상 경험 또는 내면의 소리도 있다.

자기 분야의 정보를 모으고 스스로 고민하는 과정에서, 퍼즐 조각 같은 작은 정보들이 내면에 계속 쌓인다.

이 퍼즐 조각의 양이 임계치에 이르게 되면 자기의 내면에서 그것들이 체계화되는 순간을 맞이하고, 스스로 느끼게 된다. 개인적으로 이러한 과정은 10~15년 정도 걸리는 것 같다.

소수의 퍼즐 조각으로는 전체 그림을 상상하기 힘들지만, 각각의 퍼즐 조각이 제자리를 찾으면 큰 그림이 그려지듯 자신의 정체성에 대한 큰 그림이 마음에 그려진다. 그리고 "내가 공부하는 기계공학이 이렇게 엄청난 규모와 깊이가 있고 인류 문명에 공헌하는 위대한 학문이구나!" 하는 깨달음이 가슴에 가득 차고 나아가 "내가 이 학문에 나의 인생을 바쳐도 후회가 없겠구나! 내가 이 분야에서 세계적인 발전에 공헌하고 싶다!"라는 생각이 들 때, 그 사람은 그 그림의 높이와 깊이 그리고 넓이만큼의 정체성을 가지고 비전을 제시할 수 있게 된다.

사람은 결국 생각과 마음의 크기, 즉 정체성과 비전의 크기만큼 살아가는 것이다. 자기의 내면에 자기만의 서사(meta narrative)가 만들어지는 셈이다. 우리가 살아가는 포스트모더니즘 시대에는 사람들이 역사의 큰 흐름이나 각 분야의 큰 개념 같은 서사(敍事)에 관심이 적고, 자신에게 직접적이고 즉각적인 도움이 되는 작은 일상의 이야기들에 관심이 있다. 그러나 학문을 하려고 하는 대학원생들은 자신의 분야에서 역사의 큰 흐름을 파악하는 데 관심을 가지도록 권장하고 추천한다.

또한 고등교육의 기회를 가지는 대학생과 대학원생들은 지식에 대해 갈망(渴望)하라고 권한다. 1만 개의 퍼즐 조각을 가지고 사는 사람과 1억 개의 퍼즐 조각을 가지고 사는 사람의 삶은 완전히 다르다. 자신의 전공에 대한 최고의 지식과 함께 이 전공의 지식을 사람을 위해 사용하기 위한 깊이 있는 인문학 지식은 여러분을 최고의 삶으로 인도해 줄 것이다. 인문학에 대해서는 이후의 장에서 다시 살펴보겠다.

## 정체성에서 오는 비전~

진정한 비전은 자신의 정체성에서 비롯된다. 어떤 사람이 한국을 위해서 일하고 한국에 이바지하겠다는 비전이 있는데, 한국인이라는 정체성이 확고하지 않다는 사실이 있을 수 있겠는가? 선교사들은 하나님 나라라는 더 큰 정체성이 있으므로 아프리카 오지로 갈 수 있는 것이다.

한 사람이 가정에서 사랑과 돌봄을 받고 자라면서 자기의 가족에 대한 자부심을 느끼고 이에 따른 정체성을 형성하면서 자연스럽게 가족이 지닌 정신을 계승하고 또 가족을 위해 공헌하고 싶다는 생각을 가지게 된다. 이것이 정체성에서 오는 자연스럽고 건강한 비전이다. 남편으로서 아내로서 아버지로서 어머니로서의 정체성이 강하면 강할수록 그 가정에 대해 큰 비전을 갖게 되는 것은 당연하다.

저자는 개인적으로 포스텍에서 10년간 교수들, 친구들, 그리고 선후배들과 아주 좋은 추억들을 만들면서 포스테키안(Postechian)으로서의 강한 정체성을 형성하였고, '정말 포스텍이 잘 되었으면 좋겠다.'라는 생각이 아주 자연스럽게 들었다. 방송이나 신문에서 포스텍에 관한 기사가 나면 관심이 가게 마련이고 누가 포스텍 출신이라고 하면 다시금 확인하게 되는 것은 자연스러운 일이다.

사람들은 때때로 부와 명예 등 타인의 성취를 본받고자 자신에 대한 뚜렷한 정체성에 근거하지 않은 비전을 세우기도 하는데, 이런 경우는 비전을 달성하더라도 정체성 상실로 인한 허탈감과 우울증을 겪게 된다. 명문대 교수와 의사, 대기업 임원 등 사회적·경제적으로 크게 성공한 사람들이 우울증을 겪고 자살하는 사례가 발생하는 이유도 바로 여기에 있다.

미국에서 나스닥에 상장하여 억만장자가 된 CEO들의 85%가 정신과 치료를 받는다는 통계가 있다. 자신의 정체성을 바탕으로 하지 않은 비전이 달성되었을 때 나타나는 허탈감으로 인해 정체성이 강화되기보다 약화(弱化)되거나 심지어는 자신이 누구인지 혼란스러워지는 현상이 나타나는 것이다.

따라서 우리는 건강한 비전을 갖기 위해서라도 뚜렷한 정체성부터 먼저 확립하는 것이 좋다. 물론 정체성과 비전은 상호작용을 한다. 정체성에서 비전이 형성되고, 그 비전을 위해 노력하면서 정체성이 강화되면서 더 큰 비전이 생기는 선순환(善循環) 구조가 만들어진다.

비전을 성취함으로써 자신의 정체성을 증명하려는 동기(動機)는 대부분 내면의 상처에서 시작된 불행한 계기들이 많다. 결과에 주안점을 두고 있으므로 결과가 이루어질 때까지 계속 불안해하고 스트레스를 받으며 결과에 대해 노예와 같은 인생을 살아가기 때문이다. 반대로 자신의 정체성을 바탕으로 비전을 성취하려고 할 때는 그러한 정체성을 가진 존재답게 살아가면서 자연스럽게 비전을 형성하여 그에 대한 열매를 얻을 수 있다. 결과보다는 열매라는 표현이 더 적절해 보인다.

　이런 경우는 자신이 자기 인생의 노예가 아니고 주인이 되어 자신의 인생을 주도적으로 설계하고 만들어 나갈 수 있다. 결과가 잘 안 나오는 실패와 좌절의 어려운 환경 속에서도 자신의 존엄을 지키면서 용기를 가지고 그런 어려움을 극복할 능력을 갖춰 나가게 된다.

# 위대한 성과를 위해 영혼의 불꽃을 태우다

　세계적인 첼리스트 장한나 씨의 '정신적 아버지'로 불리는 미샤 마이스키는 한 인터뷰에서 "좋은 첼리스트는 손과 머리로 연주하지만, 위대한 첼리스트의 연주는 연주자 자신, 곧 그 사람의 내면으로부터 흘러나온다."라고 말한다.

　짐 콜린스의 책 『Good to Great』에도 다음과 같은 내용이 있다.

　"바이올린 연주자들이 있다. 어떤 연주자는 아주 뛰어난 기술과 기교를 가지고 있다. 이런 연주자를 'good violinist'라고 부른다. 그런데 어떤 연주자는 'good violinist'와 비슷한 기술과 기교가 있는 것 같지만, 이 연주자의 연주에는 뭔가 새로운 느낌들이 있다. 마치 음악을 즐기고 느끼고 만지며 음악과 하나가 되어 연주하기 때문에 청중들도 무엇인가 다르다는 것을 느낄 수 있다. 이런 연주자는 연주에 자신의 영혼을 담을 수 있는 능력이 있다. 이런 연주자를 'great violinist'라고 부른다."

　마에스트로(maestro) 또는 비르투오소(virtuoso)라는 극존칭으로 불리는 거장(巨匠)을 두고 하는 말이다.

　이것은 모든 전문가의 꿈 중의 하나이다. 저자의 꿈도 기계공학을 연구하면서 기계공학을 즐기고 느끼고 만지면서 하는 일에 영혼을 불어넣는, 자신의 아바타를 만드는 것이다. 여러분도 이러한 가치를 추구하여 자신의 정체성과 하는 일이 하나가 되었을 때, 여러분은 위대함의 경지에 이를 수 있고 새로운 미래를 맞이하게 될 것이다.

이와 관련된 일화 하나를 소개하고자 한다.

LG전자에서 냉장고를 새로 출시하기 위해 디자인 연구소에서 만들어 온 새로운 디자인 안을 발표하는 날이었다. 공장장은 디자인 연구소의 과장과 열띤 토론을 벌였는데, 결국 산업 디자인을 전공한 전문가들이 만들어 온 디자인 안을 기계공학과를 나온 공장장이 토론 끝에 다시 만들어 오게 한 것이었다.

공장장에게 "어떻게 이런 일이 있을 수 있나요?" 하고 물었더니, 공장장의 대답이 "나는 그 과장이 가지고 있지 않은 것을 가지고 있거든."이라며 그것은 바로 '냉장고를 사랑하는 마음'이라고 이야기했다.

누구보다 LG 냉장고를 사랑하고 있다는 자부심으로 똘똘 뭉친 공장장의 마음가짐이 그를 산업 디자인의 전문가들보다 더 위대한 냉장고 전문가로 만든 것이다.


유홍준 교수의 『나의 문화유산 답사기』에는 '사랑하면 알게 되고, 알면 보이나니 그때 보이는 것은 전과 같지 않으리라.'라는 말이 있다.

현재 공부하고 있는 분야에 몸을 담기로 선택한 이상, 이 선택을 최고의 선택으로 만드는 것은 자신의 노력이다. 이 분야를 정말 사랑하는 마음을 가지고 정체성과 자신이 하는 일이 하나가 되기를 끊임없이 지향한다면 언젠가 '위대함'의 성과를 빚는 경지에 다다른 자기의 모습을 발견하고, 스스로 그 모습에 깜짝 놀라게 될 것이다.

저자는 모든 사람은 위대함을 추구하는 존재로 태어났고, 이렇게 살수 있다고 믿는다. 나아가 세상을 변화시킬 수 있는 엄청난 일들을 이루어 낼 수 있을 것이다. 하나의 역설(逆說)이지만, 위대함으로 가는 길을 막는 가장 큰 장벽은 'good'에 만족하는 마음이다.

# 인문학을 중시하는 학생의 길

스티브 잡스는 스마트폰 개발을 두고 기술과 인문학의 융합으로 탄생한 것이라 이야기했다.

"기술만으로 충분하지 않다. 우리의 가슴을 뛰게 하는 것은, 인문학과 결합된 기술이다. (Technology is not enough – it's technology married with liberal arts, married with humanities, that yields us the result that makes our hearts sing.)"

아이폰의 모든 기술은 다른 누군가가 개발한 것이지만, 인간을 중심에 둔 인문학적인 생각을 통해 그러한 기술을 통합할 때 많은 사람에게 감동을 주는 아이폰과 같은 혁신 제품이 만들어지는 것이다. 스티브 잡스의 이 말은 많은 사람이 인문학에 관심을 가지게 하는 계기가 되었다.

하버드대학교와 시카고대학은 대학생들에게 제공하는 필독서 목록으로 유명하다. 미래의 글로벌 지도자가 되기 위해서 이 정도 책은 반드시 읽어야 한다는 것이다.

이 필독서 목록의 70%가 인문학 서적이라고 한다. 공학(工學)을 공부하면서 수많은 전공 관련 책과 논문을 읽으며 형성된 전문 지식과 함께 인문학 지식을 함께 쌓아야 행복한 삶을 살 수 있다.

사람이 행복하게 살기 위해서는 인간에 대한 이해와 인간이 모인 사회에 대한 이해가 필수적이기 때문이다.

# 고대 그리스의 놀라운 혁신

고대 그리스에서는 기원전 8세기 중엽부터 200여 년간 평민의 투쟁과 진취적인 귀족들로 인해 귀족정에서 민주정으로의 변화가 일어났다. 소수가 아니라 다수가 자율적으로 다스리는 전례가 없던 혁신적인 정치 제도가 탄생한 것이다.

30만 명 인구의 그리스 아테네에 참정권을 가진 인구는 5만 명 정도로 추정된다. 노예가 10만 명 정도라고 한다. 기원전 4세기 중엽 알렉산더 대왕을 통해 왕정으로 다시 돌아가기까지 150여 년간 존속했던 그리스의 민주정은 실로 엄청난 혁신을 이루었다.

이 시기에 고대 그리스인들이 서양 세계의 지적 토대를 형성해 놓았다는 사실은 실로 놀라운 결과이다. 서양 문명사의 위대한 인물 70%가 민주정 시대의 고대 그리스인으로 언급된다.

민주정을 통해 정치, 법률, 웅변과 수사학, 역사, 희극 및 비극 등의 문학, 논리와 변증법 등을 통한 철학과 윤리, 수학과 의학 등의 과학, 조각과 건축 등의 예술, 올림픽을 중심으로 한 스포츠 등 수많은 분야에서 놀라운 혁신적 활동들이 이루어졌다.

# 인문학의 탄생

인문학은 영어로 'liberal art'이다. 자유인의 기술이다.

고대 그리스에서 민주정이 되어 드디어 자유인의 개념이 정립되면서 자유인이 필수적으로 알아야 하는 지식으로서 인문학이 탄생했다. 여러 도시국가가 경쟁적으로 학문의 자유를 장려함으로써 수많은 개념이 역동적으로 등장했다. 이는 중국의 춘추전국시대에 비견되는데, 학문의 자유가 얼마나 풍성한 생각들을 만들고 사상이 되고 다양한 학문이 되게 하는지 알 수가 있다.

인문학은 경제, 정치, 철학이라는 세 분야로 발전하였다.

## 경제, 자유인을 위한 필수 분야로 모든 학문의 근간을 제공

자유인은 우선 경제적으로 독립해야 하므로 경제학이 인문학의 첫 번째 분야가 되어 있다. 농경사회가 되면서 잉여(剩餘) 생산이 발생하게 되었다. 농업은 너무 힘든 산업이었기 때문에 모든 농경사회는 노예제를 가지고 있다. 노예가 말썽부리지 않도록 잘 통제하여 잉여 생산을 최대로 하기 위해 가부장적인 리더십이 발전하게 되었다. 동양 유학에서의 충효 사상, 서양에서의 왕권신수설과 교황제도 등은 모두 가부장적인 리더십이 정치화되고 철학화된 개념이다.

고대 그리스에서 가정은 'oikos'로 사적 영역을 뜻하며, 여기서 파생된 단어가 경제, 즉 'economics'이다. 필수적인 부분이기 때문에, 원하는 직업을 통해 수입을 얻으면 좋겠지만, 원하지 않는 직업을 통해서도 반드시 수입을 얻어야 한다는 사상이 서양에서 생겨났다.

그래서 직장의 근무 시간이 끝나면 노예 생활에서 벗어나 비로소 자유인이 되었다고 하여 유럽에서 퇴근 후 'happy hour'로 맥주 등을 할인해 주는 문화가 생겼다. 이렇듯 고대 그리스에서 경제에 대한 기본적인 사상이 생겨났다.

경제의 발전에 의한 잉여(剩餘)가 지식만을 생산하고 유통하는 직업, 학자들을 만들어 낸 원동력이다.

우리나라의 민주화 세력을 가능하게 한 조건도 근대화에 성공한 경제적 잉여가 바탕이 되었고, 일본의 메이지유신을 이끈 지방 하급 관리인 우국지사들도 경제적 잉여가 만들어 낸 것이다. 지식층의 생성도 경제적 잉여로 인한 학문의 자유가 근간이 되었다. 경제는 사적인 영역으로 잉여를 통해 자유인을 만드는 필수적인 요소이다.

## 정치, 설득과 결정의 과정

여기서 설득은 두 가지 측면을 가지고 있다.

첫째는 진실과 직면하기 위한 과정이라는 점이고, 둘째는 비극적인 세계관을 염두에 두고 있다는 점이다.

경제적인 독립으로 생긴 여유자금과 시간 활용의 측면에서 개인의 차원이 공적 차원으로 확대된 것이 '정치'이다. 고대 그리스의 공적 영역인 도시국가를 'polis'라고 부르는데, 이곳에서 하는 공적 활동이 정치,

즉 'politics'이다.

인간은 혼자 살 수 없으므로 사회를 이루고 국가를 이룬다. 토머스 홉스가 주장한 '만인을 위한 만인의 투쟁'인 원시 상태에서 벗어나기 위한 치안, 국방, 외교 등의 필요가 국가를 탄생시켰다.

개인과 국가, 정의와 배려, 자유와 평등, 성장과 분배 중 무엇이 더 중요한가 등의 선택에 직면하고 이를 판단하여 결정하는 것이 정치이다. 양쪽 다 중요하지만, 시기에 따라 다른 결정을 해야 한다. 예를 들어, 부패가 너무 심하면 정의가 좀 더 중요해지고 복수가 너무 심하면 배려가 더욱 필요하다.

자유인들은 생각이 모두 다르기에 수사를 동반한 웅변으로 사람들을 설득하여 그들의 마음을 얻어야 한다. 반면 독재는 통치만 존재하지 정치는 필요 없다. 한 번의 연설로 수많은 사람의 마음을 움직이는 것은 위대한 정치 행위이다. 그래서 수사학과 웅변술이 발전하게 되었다. 많은 사람의 마음을 사로잡는 예술과 스포츠 또한 정치의 활동으로 볼 수 있다. 또한 설득력 있는 스토리텔링을 제공하는 역사학도 발전했다.

그리고 양쪽 다 중요한 상황에서 한 가지를 선택해야 하므로 잘못된 결정은 비극적인 결과를 가져온다. 다시 말해 정치에 있어 첫 번째 목적은 51%의 지지자를 설득하는 것이지만, 두 번째는 49%의 반대자들을 배려해서 통합을 이루는 것이다.

정치인을 풍자하는 희극과 함께 비극은 진정한 의미에서 민주주의 정치제도에서만 가능한 분야이다. 그래서 고대 그리스인들은 이런 정치적 진실을 마주하기 위해 비극 작품을 권장했다. 누구와 싸워도 이길 수 있는 뛰어난 장군이자 스핑크스의 수수께끼도 풀 수 있는 명석한 지혜자인 오이디푸스의 비극은 아버지를 죽이고 어머니와 결혼하는 어리석은 자임을 인정하는 겸손과 이러한 진실을 직면하는 용기가 자유인의 정치에 필요하다는 것을 보여준다.

이승만의 하와이 망명과 박정희의 죽음, 링컨과 케네디의 죽음 등은 정치의 비극적인 측면이다. 또한 복수가 없는 정치를 위해 변론과 배심원 판결 등의 법률이 발달하게 되었다.

고대 그리스에서 정치인들은 돈을 받고 정치를 하는 것이 아니라 경제 문제가 해결된 자유인들이 자신의 나라를 사랑하여 책임감으로 공적 영역에서 덕을 베푸는 것을 정치라고 생각했다. 정치와 경제가 섞이고 사적 영역과 공적 영역이 혼합되면, 그것을 부패라고 부른다.

## 철학, 절대 진리 추구하며 건강한 미래를 고민하는 과정

정치를 통하여 자유인들의 마음을 설득하기 위해 궤변론자들이 등장하게 되면서 회의(懷疑)가 생겨났다. 궤변론자들의 선동과 처세술은 오늘날로 말하면 선거에서 표(득실)만을 계산하는 정치 공학의 문제이다. 소크라테스는 이 문제에 대한 해결책으로 영원한 진리를 추구하는 철학 개념을 제시했다. 그의 제자인 플라톤은 동굴의 비유를 통해 변하지 않는 절대 진리를 추구해야 한다는 철학 개념의 초석을 놓았다.

이권 다툼만 하다가는 다음 세대에 큰 재앙이 올 수 있으므로 영원이라는 측면에서 윤리, 도덕, 종교, 철학 등의 중요성을 외친 것이다. 고대 그리스에서 민주주의의 말기가 되면서 도덕적 타락과 부패가 만연한 시기에 활동했던 소크라테스는 도덕의 중요성을 깨닫고 절대 진리, 그리고 이를 발견하기 위한 변증법 등을 통해 서양 철학의 문을 열었다.

# 인문학의 발전

인문학이 새롭게 발견될 때마다 세계는 크게 발전했다.

결국은 인간과 인간이 모여 사는 사회에 대한 이해, 즉 인문학적인 이해가 높아질 때마다 경제가 발전하고 정치가 발전하고 철학이 발전하여 인류에게 혁신적인 혜택을 안겨주었다. 고대 그리스의 인문학이 중세의 어두움을 극복하고 종교(철학)개혁, 정치개혁, 산업(과학·경제)혁명 등 세상을 바꾼 일련의 혁신으로 연결된다.

이 시기를 다시 고대 그리스의 사상과 문화를 부흥시킨다는 의미에서 르네상스로 부른다. 그만큼 서양에서 고대 그리스 인문학의 비중은 크다고 할 수 있다. 르네상스 시기 인문학의 발전에 대해 살펴보자.

## 종교개혁

종교개혁을 통해 인간을 지연과 혈연에서 떼어내어 '절대 개인'이라는 새로운 개념이 정립되었다. 고대 그리스의 자유인이 신적 권위가 부여된 자유인으로 재탄생했다. 타인에게 양도할 수 없는 천부인권을 기반으로 신체의 자유와 소유권의 자유 등의 개념이 정치와 경제가 아닌 철학(신학)으로부터 도입되었다.

철학과 정치를 혼합한 우파 독재인 파시즘, 그리고 철학과 경제를 혼합한 공산주의라는 좌파 독재 모두로 인한 비참한 결과를 체험하고, 인간 내면의 감동과 관련된 신앙생활과 예술 활동 등은 정치 및 경제의 제도가 아니라 자발적이고 문화적인 방법으로 진행되어야 그 순수성이 보전된다는 것을 깨닫게 되었다.

## 정치개혁, 자유민주주의의 탄생

개인과 자유의 개념은 왕권신수설에서 사회계약설로 바뀌면서 자유민주주의 제도가 재탄생하여 시민들이 지도자들을 스스로 뽑는 제도로 발전하였다. 철학과 정치의 만남은 절대자를 자처하는 철인 정치 지도자로 인해 독재로 발전할 수 있다는 것을 깨닫게 되었다. 알렉산더, 나폴레옹, 히틀러 등의 예로 알 수 있다.

이런 절대권력을 방지하기 위해 입법, 행정, 사법의 삼권분립, 중앙과 지방의 권력분립, 언론과 시민들의 감시활동 등으로 발전한 권력 분산을 통해 개인의 자유를 극대화하는 방향으로 발전하였다.

또한 정치개혁만으로 안정적인 사회를 이루기는 부족하므로 전체 시민이 동의하고 있는 일반의지, 즉 세대를 뛰어넘을 수 있는 도덕과 종교가 정치와 절묘한 균형이 필요하다는 사실을 체험하게 되었다. 기독교 국가에서는 타락한 인간의 본성 위에 선한 하나님의 섭리가, 일본의 메이지유신 때는 천황의 존재가 일반의지로 전 국민에게 받아들여졌다.

## 산업혁명, 자본주의의 탄생

이러한 과정들을 통하여 개인의 자유를 강조하는 자유민주주의와 국가 전체의 이익을 더 중요시하는 공화주의가 조화를 이루는 정치제도로 발전하였다. 정치분열, 소수의견 무시, 대중 의 인기에 영합하는 등의 자유민주주의의 약점을 공화주의로 보완한 것이다. 개인의 자유가 공화주의로 인해 덕성이 강화되어 공동체 전체의 발전으로 이어지도록 종교개혁과 자유민주주의의 정치개혁을 통하여 인류는 10%의 잉여를 제공하는 농업경제에서 90%의 잉여를 제공하는 시장경제 기반의 자본주의로 발전하였다.

수요와 공급의 법칙을 도입한 아담 스미스의 '보이지 않는 손'이라는 시장 개념, 막스 베버의 '프로테스탄트 윤리와 자본주의 정신', 수치화하고 논리적으로 생각하는 과학혁명, 분산투자 기법을 도입한 주식회사 제도, 금은보다 생산이 더 중요하다고 하는 GDP(국내총생산, Gross Domestic Product) 개념, 시장에서 자유경쟁을 저해하는 큰 기업집단을 분할(分割)하는 공정거래제도, 노동자의 권익을 위한 노동조합 제도, 미래 먹거리를 위한 연구와 이를 상용화하는 벤처생태계 등을 통하여 놀라운 경제적인 발전을 경험하게 되었다.

# 인문학의 의의

　고대 그리스에서의 초기 인문학 발전은 경제, 정치, 철학 순으로 위에서의 개혁이었지만, 중세 이후에는 철학, 정치, 경제 순으로 밑으로부터 이루어진 개혁으로 발전되고 완성되었다. 이 개혁은 세계를 중세로부터 근대로 변환시켰다.

　고대 그리스의 이성 중심의 인문학은 헬라 사상으로 불린다. 그런가 하면 종교개혁 시기를 맞아 하나님으로부터 오는 계시, 즉 직관 중심의 신학은 히브리 사상으로 불린다. 서양의 인문학은 헬라 사상의 이성과 히브리 사상의 직관(계시) 사이의 소화를 통하여 발전했다.

　우리는 어떤 현상을 바라볼 때 철학적, 정치적, 경제적, 포괄적인 관점에서 주체적이고 입체적으로 분석할 수 있어야 하겠다. 그래야 치우치거나 선동되지 않는다. 풀어 말하면 다음과 같은 질문이 된다.

　• 문제가 다음 세대에 전가되지 않도록 하기 위한 절대 선을 추구하는 순수한 마음이 있는가? (철학)

　• 공적으로 사람들의 마음(표)을 얻고 정치권을 갖는 사람은 누구인가? 또는 이에 대한 비극은 어떤 것인가? (정치)

　• 누가 경제적으로 손익인가? (경제)

　이런 질문들을 해 보아야 한다는 뜻이다. 철학과 정치권력이 통합되어 독재의 가능성은 없는지, 정치와 경제가 유착되어 부패의 징후는 없는지, 경제와 철학이 통합되어 하향 평준화와 도덕적 타락은 없는지 등을 입체적으로 고민해야 한다.

인문학적 지식이 깊어질 때, 여러분은 많은 사람의 마음을 사로잡아 감동을 불러일으키는 혁신적인 지혜를 얻게 될 것이다.

# PART 2

# 학문과 연구의 전당 대학

"

대학에서 학문 탐구와 연구를 잘하기 위해 '대학은 어떻게 탄생했는가?' 그리고 '대학은 어떤 곳인가?' 하는 두 질문에 대해 알아볼 필요가 있다. 이 질문들은 연구실 생활에 큰 도움이 될 것이다. 첫 번째 질문은 학교와 연구의 역사를 통해, 두 번째 질문은 학생들의 미래 준비라는 관점에서 설명하고자 한다.

# 학교와 연구의 탄생

　학생들이 미래를 위해 입학하려는 대학과, 연구실에서 수행하는 연구는 어떻게 탄생했을까? 우리에게 큰 풍요를 제공한 과학혁명이라는 맥락에서 이것을 살펴보고자 한다.

　학생들이 졸업 후 맞이하게 될 현실은 '오픈 이노베이션' 시대인데, 이것은 연구의 활성화와 보편화로 인해 생겨났다. 여기에 대해 알아보는 것도 학생들의 미래에 큰 도움이 될 것이다.

## 학교의 태동과 수량화 혁명(교육 가치), 과학혁명의 시작

　과학혁명은 어떻게 시작되었을까?

　이는 미래의 인재를 배출하는 학교 교육으로부터 시작되었다. 학교의 탄생으로 인해 개인 교육에서 대중 교육으로 교육의 패러다임이 변화되었다. 이는 시대의 전환을 이끌었고 나아가 지식혁명으로 이어졌다. 학교의 태동과 함께 과학적 사고방식으로 수량화 혁명이 일어나 세계관을 변화시켰다. 여기에 대해서 좀 더 알아보자.

## 학교의 태동과 지식혁명

　과학혁명은 16세기 서양에서 태동한 학교 시스템으로부터 유발되었다. 근대사회가 시작되던 시기의 교육은 개인 교사를 통해 이루어졌으며, 왕족과 귀족이 문자와 지식을 독점하고 있었다. 이후 대항해시대로 부를 축적한 신흥 상인 계층이 부상하면서 종교혁명 세력과 함께 연합하여 서민들을 자신의 정치적 지지 그룹으로 만들기 위해 지식의 대중화를 추구하며 학교가 만들어지기 시작했다.

상인들은 학교를 짓고 교사 인건비 등의 비용을 제공했으며, 종교개혁자들은 교사 역할과 함께 사제계급이 독점하던 성경을 평신도가 직접 읽고 해석할 수 있도록 이론을 제공했다. 초기에는 이렇게 사립학교로 출발했으나 지식교육이 공공 영역으로 정의됨에 따라 공립학교가 증가하기 시작했다.

지식교육의 영향력은 위대했다.

문자와 지식의 독점이 사라지자, 왕족과 귀족의 기득권은 약화(弱化)되었고, 지식의 양이 폭발적으로 증가하면서 집단지성의 강력한 효과가 나타났다. 종교혁명이 자유민주주의의 정치혁명으로 이어졌고, 두 세기도 채 지나지 않아 산업혁명을 태동시켜 시장경제 기반의 자본주의 경제 혁명으로 이어졌으며, 또다시 두 세기가 지나면서 지식혁명으로 이어졌다.

지식혁명으로 인류가 부양할 수 있는 인구는 10억 명에서 70억 명으로 증가했고, 주당 노동시간은 80시간에서 50시간으로 감소했으며, 기대수명도 35세에서 100세로 늘어났다. 일반 대중들이 해외여행, 스포츠 및 엔터테인먼트를 즐기기 위해 비용을 지불(支拂)하기 시작한 지는 몇십 년에 불과하다.

4차 산업혁명으로 실업을 걱정하지만, 산업혁명 때마다 생산성이 늘어나면서 새로운 직업이 폭발적으로 증가했다는 사실을 주목할 필요가 있다.

인류는 늘 과거에 얽매여 걱정하기보다 미래를 위해 진취적으로 새로운 혁신을 이루어 왔다. 인류는 우리가 걱정하는 것보다 훨씬 더 큰 도전 정신과 지혜를 가지고 있다. 이제까지의 인류 발전이 궁극적으로 지식 교육의 결과라는 사실을 다시 한번 강조하고 싶다.

과거에는 삶에 필수적인 의식주를 위해 총인구의 90%가 매달려야 했다. 왕족, 귀족, 종교 지도자, 군인 등은 10% 미만이었다. 산업혁명으로 의식주에 필요한 토지와 노동시간이 획기적으로 줄어들었다. 기술과 에너지가 토지와 시간을 대체하고 있다.

현재 기본적인 의식주에 종사하는 인류는 10% 정도라고 한다. 4차 산업혁명이 완성되면 전 인류의 1%만 기본 의식주에 종사하면 될 것으로 예측된다. 99% 사람들은 기본 의식주가 아닌 자신들이 하고 싶은 일을 하면서 더 풍족한 생활을 할 수 있을 것으로 예측된다.

## 수량화 혁명

학교의 태동과 함께 수치화와 시각화 기반의 사고방식 또한 과학혁명의 큰 자양분이 되었다.

미국 역사학자인 앨프리드 크로스비는 『수량화 혁명』에서 10세기까지만 해도 중국보다 뒤떨어져 있던 유럽이 어떻게 16세기 이후 탁월한 항해술과 우수한 무기를 바탕으로 전 세계 대륙을 정복하고 제국주의적 식민 지배를 할 수 있었는지에 대해 설명하고 있다.

유럽인들은 모든 분야에서 수량화 혁명을 이루어 이를 바탕으로 하는 시각화를 적용해 새로운 사고방식과 세계관을 발전시켰고, 실제로 현실을 질적 분석에서 양적 분석으로 바꾸면서 놀라운 과학기술을 발전시켰다. 16세기 갈릴레오는 이러한 수량화 혁명의 핵심이라 할 수 있는 과학적 사고를 체계화함으로써 현대과학을 출발시킨 과학의 아버지로 인정받고 있다.

수량화 혁명으로 17세기에 뉴턴은 만유인력의 법칙과 운동법칙을 수학적으로 기술해 기계공학을, 19세기에 루트비히 볼츠만은 통계열역학을 수량화해 재료공학과 화학공학을, 제임스 클러크 맥스웰은 전자기학을 수량화해 전기공학을, 20세기에 아인슈타인은 상대성이론을 바탕으로 핵공학을, 에르빈 슈뢰딩거는 양자역학을 수량화해 전자공학을 발전시켰다.

# 연구의 태동과 기술혁신의 시스템화 (연구 가치), 과학혁명의 성숙

학교의 태동이 과학혁명의 시작이라고 한다면 연구의 태동은 과학혁명을 성숙시켰다. 연구의 기원은 무엇일까? 그리고 시간이 지남에 따라 구축된 연구시스템은 무엇일까? 이 두 질문에 대한 답으로 과학혁명의 성숙을 알아보자.

## 연구의 기원, 국방과학과 계몽주의

연구의 기원은 두 가지로 알려져 있다.

하나는 국방에 목적을 둔 것이고, 다른 하나는 순수한 호기심 그 자체라고 할 수 있다.

인류사를 돌이켜보면, 동서고금을 불문하고 국가의 존망을 결정하는 중요한 힘은 군사력이기에 소위 국방과학이라 부르는 분야에서는 남보다 앞선 무기를 개발하기 위해 끊임없는 연구가 이루어지고 있다.

우리 민족의 역사에서도 고구려는 앞선 기술로 철을 다루면서 그 시대 가장 뛰어난 철제 병기를 보유할 수 있었기에 그토록 광활한 영토를 지배할 수 있었다고 한다.

항공기, 컴퓨터, 인터넷, GPS 등과 같은 기술도 실은 국방과학에서 먼저 연구 개발(R&D, research and development)된 것인데, 민간 분야로 넘어와 더욱 발전해 인류의 문명사적 변화를 가져왔다.

연구의 또 다른 기원은 서양의 르네상스 시기에 계몽주의와 이성주의가 발전하면서 여유 시간이 많은 귀족이 스스로 호기심을 충족하기 위해 자연과학을 탐구하는 과정에서 비롯했다. 과학기술은 이 과정을 통해 획기적으로 발전했는데, 그 중심지는 모든 것을 한곳으로 모은다는 의미의 대학(university)이었다.

정치적인 이슈에 대한 학문의 자유를 보장하는 종신 교수제도가 확립되면서 대학은 고등교육기관으로 확실한 자리를 잡아 학문의 전당이 되었다. 자연과학의 발전 기반을 제공한 대학은 그 후 수많은 과학자를 배출하면서 오늘날까지 이어지고 있다.

18세기에 이르러서는 자연과학 연구가 귀족에서 평민으로 이전되면서 호기심보다는 현실 문제와 융합되었다. 그리고 상업주의와 결합하면서 국가와 사회에 폭발적 영향을 끼치는 산업혁명을 유발했다. 19세기에는 자연과학과 공학이 분리되면서 공과대학이 탄생하고 이공계에서 학과의 분화가 시작되었다.

## 연구의 시스템화

과학연구가 사회에 끼치는 대단한 영향력이 확인되면서 연구의 위상은 획기적으로 높아졌다.

이제 연구 활동은 기업과 국가의 경쟁력, 특히 미래의 새로운 먹거리를 만들어 내는 데 가장 중요한 핵심 요소가 되었다.

현재 한 국가의 국내총생산이 그 국가의 과학기술을 다룬 연구논문 수와 큰 상관관계로 비례한다는 것은 시사하는 바가 매우 크다. 기업과 국가가 많은 예산을 투입해 연구소들을 설립하게 되었고, 따라서 연구를 직업으로 삼는 연구원들의 수도 더욱 늘어날 전망이다.

현재는 5년 이내의 미래 먹거리 확보를 위한 연구는 기업연구소가, 그리고 공공 영역과 함께 10년 이후의 국가 전체 먹거리 확보를 위한 연구는 정부 출연 연구소들이 담당하고 있다. 그리고 대학, 특히 연구 중심 대학은 기초연구나 위험 부담이 매우 큰 연구를 담당하면서 연구 성과와 함께 연구 인력을 배출하는 교육의 임무를 수행하는 것으로 분업화가 이루어졌다고 할 수 있다.

현재 한국을 포함한 선진국은 이와 같은 연구 분업화를 통해 기술을 혁신해 가는 국가 차원의 연구시스템을 갖추게 되었다.

# 혁신 기술의 사업화(경제·사회적 가치), 과학혁명의 완성

교육과 연구를 통해 성숙한 과학혁명은 연구 결과의 사업화를 통해 혁신적인 새로운 산업이 탄생하면서 열매를 맺는다.

이러한 기술사업화 과정은 지식혁명 전후로 대기업 중심에서 벤처생태계 중심으로 전환되었다.

벤처생태계는 대학에서 배출되는 청년 기업가가 꼭 필요한 핵심 인력이다. 인력의 변화는 산업의 변화를 불러일으킨다.

이것에 대해 살펴보자.

## 지식혁명 이전의 기술사업화

제2차 세계대전 이후, 세계 경제는 노동집약적 경공업으로 시작해 기술집약적 중화학공업으로, 이후 지식혁명을 통한 지식 집약적 신산업으로 진화하면서 인류는 역사상 유례가 없는 비약적 발전을 이루었다. 이러한 발전은 연구 개발을 통한 기술혁신, 주식회사 제도를 통한 자본형성, 전 세계적 개방화와 자유무역 확대, 그리고 높은 인건비가 보장되는 고급 일자리 창출 등에 기인한다.

아울러 후진국도 자연스럽게 똑같은 진화 과정을 밟으면서 전 세계는 거대한 분업구조로 개편되었다. 실제로 미국과 유럽이 변화를 주도했고, 이후 일본, 한국, 중국, 인도가 순차적으로 뒤따랐다.

노동집약적 경공업과 기술집약적 중화학공업은 자본의 축적을 통한 대기업 주도로 혁신이 이루어졌다. 이 시기는 비싼 연구 장비와 연구 인력을 대기업이 독점하던 때였다.

미래를 위한 연구 분야 선정과 성공한 연구 결과 중 어느 것을 상용화할 것인가에 대한 결정을 대기업이 독점했다.

## 지식혁명 이후의 기술사업화, 벤처생태계

하지만 지식 집약적 신산업은 연구자와 관련 지식이 폭발적으로 늘어남에 따라 새로운 혁신시스템을 요구하게 되었다. 4차 산업혁명이 진행되는 현시점에서 연구 결과를 가장 효율적으로 사업화하는 시스템은 미국에 의해 구축된 혁신 벤처기업의 창업생태계이다.

이러한 벤처생태계는 미래 가치를 주식에 반영하여 자본이익으로 기존 대기업에서 제공하는 영업이익 기반의 인센티브와 비교할 수 없는 인센티브를 제공하여 최고의 인재와 금융을 끌어들이면서 기술사업화의 생태계를 성공적으로 구축하였다.

평균 20억 원 정도의 연구비를 통한 연구 결과를 사업화할 때 성공 확률이 3~5% 정도이고, 이후에 사회적 영향력을 가진 기업으로 성장할 때까지 대략 4~5년 동안 500억~1,000억 원의 추가 투자가 필요하다. 이러한 부분을 인건비가 높고 의사결정이 더딘 대기업이 직접 하기에는 비용과 시간이 너무 많이 든다. 그래서 엔젤 및 벤처캐피털(VC, venture capital)의 투자를 기반으로 하는 벤처생태계가 조성되는 것이다.

기술 벤처기업이 시장에 판매할 수 있는 상품 개발을 완성하면 40%

정도의 성공 확률까지 성장하게 되는데 이때부터는 조직과 마케팅이 필요한 시기라고 평가된다. 이때 대기업의 장점인 조직과 마케팅이 인수합병(M&A, merger and acquisition)을 통해 기술 벤처기업에 접목되어 새로운 산업을 만들어 내는 것이 기술사업화의 가장 효율적인 시스템으로 실증되었다.

포스바겐의 전CEO 헤르베르트 디스는 포스바겐을 전기차회사로 변화를 시도했지만 실패하였다. 그 이유는 엄청난 규모의 비용이 들고 내연기관 관련 인력들의 조직적인 방해가 있었기 때문이다. 그래서 백지에 새로운 사업을 설계하는 미국의 벤처생태계가 효율적이라는 것을 깨달았다고 한다. 결국 연구 분업화에 이어 기술사업화도 기술 벤처기업과 대기업 사이에서 분업화 구조를 통해 효율을 높이는 것이다.

연구 중심 대학과 연구소, 기술 벤처생태계, 대기업 사이에 교육(인력배출)-연구-사업화의 큰 융합을 통해 새로운 산업들을 만들어 가는 것이다. 이 융합의 방법으로는 기업이 대학 캠퍼스 내에 들어와 새로운 기업을 만들어 가는 방향이 있고, 또는 대학이 기업과 손잡고 비즈니스 허브를 구성해 학생들의 창업을 도와주는 방향이 있다. 이를 통해 대학, 연구소, 기업이 하나의 클러스터를 이루면서 역동적인 연계와 융합으로 새로운 생태계를 창조해 나간다.

## 벤처생태계의 핵심 인력인 청년 기업가, 가치 창출 대학

창업생태계는 대학이 배출하는 새로운 젊은 인력에 의해 주로 만들어진다. 그 이유는 이들이 가지고 있는 끝없는 도전정신 때문이다.

대기업에 취업한 사람은 주어진 환경에서 자신의 모든 능력을 동원해 생존과 승진을 위한 실력과 경륜을 기른다. 교수, 연구원, 공무원들도 마찬가지로 주어진 환경에 적응하면서 전문가로 성장한다. 그러나 이렇게 만들어진 전문 인력들이 전혀 새로운 일에 도전하는 벤처시스템을 만들기란 쉽지 않다.

이와 같은 이유로 전 세계의 모든 기술 벤처생태계는 연구 중심 대학이 있는 지역에 형성된다. 대학과 기업의 융합으로 기술 벤처생태계가 만들어지기 때문이다.

이런 대학을 기업가형 대학(entrepreneurial university) 또는 가치 창출 대학(value creation university)이라고 부르며 이런 도시를 혁신도시라고 한다. 대표적인 사례인 실리콘밸리에는 스탠포드대학과 캘리포니아대학 버클리가 소재하고 있다.

이러한 새로운 국가 경제 시스템은 대학에서 배출되는 박사인력의 이동으로 인한 고용시장과도 긴밀하게 연결되어 있다.

과거에는 박사급 연구원들이 국가출연연구소와 대학 등의 공공 부문에 30%, 그리고 대기업 연구소에 70% 정도 고용되는 것으로 알려져 있었다. 그러나 새로운 벤처혁신시스템이 정착되면 이들 인력의 30% 이상은 스스로 기술 벤처기업을 창업하는 분야로 진출한다.

부가가치 창출의 주체는 결국 인력이다.

따라서 대기업과 기술벤처의 박사인력 분포가 비슷해진다는 것은 창출되는 부가가치가 비슷하다는 것이고, 이는 결국 그만큼 대기업 수준의 고급 일자리가 생겨남을 뜻한다.

다시 말해 국가의 고용시스템 또한 크게 변화하는 것으로 이해될 수 있다. 지식 집약적 신사업의 성장으로 박사급 연구 인력의 진로 변화로 양질의 일자리가 더 창출되는 셈이다. 결국 국가의 미래는 청년 과학도들의 도전과 기업가 정신에 의해 결정된다는 것이 현재의 시대정신이다.

## 벤처생태계로 인한 국가 산업구조 변화

이와 함께 전체 산업구조는 기존 산업으로 불리는 대기업군, 신기술을 기반으로 하는 테크 스타트업 기업군, 기술보다는 새로운 비즈니스 모델(BM, Business Model)을 기반으로 하는 혁신 스타트업 기업군으로 재편되고 있다.

대기업군은 우리의 물질적 생활을 풍요롭게 해주고, 테크 및 혁신 스타트업 기업군은 기술과 BM을 기반으로 우리 생활을 편리하게 변화시켜 준다. 그리고 새로운 혁신 스타트업 기업군에는 우리에게 즐거움을 주는 문화 분야도 포함한다. 이는 의식주 분야의 생산성이 늘어나면서 사람들이 문화를 더 많이 즐길 수 있음을 의미한다. 이미 4차 산업혁명으로 새로운 문화산업이 태동하고 있다.

미국은 벤처생태계를 통하여 혁신성장 시스템을 구축하여 시가총액 1조달러 이상의 9개 기업 중 7개 기업이 벤처로 시작하였다. 반면 유럽과 일본은 여전히 루이비통, BMW, 토요다 등을 수출하고 미국과 같은 애플, 구글, 테슬라, 엡비디아를 배출하지 못하고 있다. 전체계 GDP의 40%를 차지하던 유럽은 20% 초반대로 줄어들었고 일본은 1인당 GDP가 우리나라와 역전을 당하였다.

이러한 관점에서 우리나라의 미래 경제를 위해서 20~30대 벤처기업 CEO를 배출하고 해외로 진출하는데 정부, 대학, 대기업 등 우리나라의 모든 역량을 집중해야 하다.

# Open Innovation 시대

연구에 투입되는 자원이 많아지고 다양한 연구 기관들이 등장함에 따라 폐쇄된 연구 환경이 아니라 개방된 연구 환경이 필수가 되었다. 이를 오픈 이노베이션 시대라고 하는데, 졸업 후의 학생들을 기다리고 있다. 오픈 이노베이션의 시작, 최고 효율적인 시스템에 의한 흥망, 개방적인 태도들에 대해 알아보자.

## 오픈 이노베이션의 시작

과학기술에 있어서 현재는 개방형 혁신(Open Innovation) 또는 개방형 협업(Open Collaboration) 시대라고 한다. 오픈 이노베이션은 미국 항공우주국인 NASA에서 시작되었다. NASA는 세계 최고의 연구 인력을 자랑하는 NASA가 풀지 못하는 난제는 누구도 풀지 못한다는 생각에 사로잡혀 있었다. 그러나 새로운 NASA 국장이 정말 우리가 가진 인력이 세계 최고 연구 인력인지 확인을 해 보자고 하여 난제들을 오픈했는데, 결과는 놀랍게도 문제가 대부분 풀리게 되었다.

이때부터 과학기술계에서 오픈 이노베이션이라는 말이 유행하게 되었다. 과학기술 인력과 시설이 많아짐에 따라 어떤 기관이나 대학이 가진 자원만으로 문제를 해결하는 것보다 문제를 오픈하여 가장 적절한 연구 경험과 환경을 가지고 있는 또는 틀에 짜 맞춰진 생각에서 벗어난 곳에서 문제를 더 효율적으로 풀 수 있다는 생각이다.

특히 벤처생태계로 인하여 연구 인력과 시설이 대기업의 독점에서 벗어나 벤처로 확산(擴散)됨에 따라 대기업의 기술 전략에서 오픈 이노베이션은 핵심 가치로 자리 잡아 가고 있다.

오픈 이노베이션의 핵심은 속도이며, 경제적인 효율성이다.

속도와 경제적인 측면에서 가장 효율적인 시스템이 세상을 변화시키고 지배한다. 이를 글로벌 스탠다드라고 한다.

## 글로벌 스탠다드와 국가의 흥망

세계의 변화에 민감하고 가장 효율이 높아 글로벌 스탠다드로 자리 잡은 시스템을 따라가는 것의 중요성을 역사가 말해준다. 글로벌 스탠다드를 따라가지 못하고 경쟁에서 뒤처지면 국가와 조직이 멸망하기도 한다. 정치 시스템을 통하여 글로벌 스탠다드의 중요성에 대해 알아보자.

• 이중텐은 『국가란 무엇인가』에서 가장 효율적인 정치 시스템을 언급한다. 부족 국가를 복속시키기 위한 봉건제도 시대에 이보다 더 효율적인 중앙집권제를 도입한 진나라가 중국을 통일할 수 있었다. 중앙집권 제도보다 더 효율적인 공화제에 밀려서 청나라는 멸망하였다.

• 우리나라 역사에서도 이를 알 수 있다. 삼국시대 고구려, 백제, 신라는 글로벌 스탠다드인 불교를 받아들여 주변의 부족 국가를 넘어 강성해질 수 있었다. 당나라와의 외교를 통해 삼국을 통일한 통일신라는 당시 최고의 무역로인 비단길에 연결되어 전성기를 누렸다. 조선 초기에

는 남송의 농업혁명을 배우고자 선비제도, 집현전, 측우기 등을 개발하여 부강해졌다. 대한민국도 가장 효율적인 자유민주주의와 자본주의를 기반으로 후진국에서 선진국 대열에 합류했다.

• 조선과 청나라는 근대화에 실패를 겪었지만, 일본은 어떻게 근대화에 성공했을까? 일본은 메이지 유신 시기 자기의 것을 완전히 버리고 서양을 철저하게 흉내 낸다고 해서 원숭이라는 별명이 붙었다는 이야기가 있다. 물론 일본도 존왕양이(尊王攘夷)의 쇄국(鎖國) 정책도 있었고 화혼양재(和魂洋材)와 같은 서양의 기술만 받아들이자는 의견도 있었지만, 메이지유신의 주된 세력은 완전한 변화를 선택하였다.

이에 비해 청나라는 동도서기(東道西器)라고 하여 기술에서는 서양을 따라서 했지만, 정신적인 면에서는 서양에 비해서 자신이 우월한 역사를 가졌다는 의식으로 양무운동을 통해 어느 정도 성과는 거두었지만, 완전히 변화하는 데 어려움이 있었다.

그 결과 청일전쟁에서 인구가 청나라의 10분의 1밖에 되지 않는 일본이 당시 세계 최고의 해군력을 보유하고 있다고 평가되던 청나라에 대항해 승리를 거두었다. 이후 지금까지 동양의 대표는 일본이었으며, 서양에서 일본문화는 동양 문화를 대변하게 되었다. 원숭이라는 소리까지 들어가면서 철저한 개혁을 한 결과 발전된 경제력으로 자신의 문화도 다시 꽃피우고 전파하게 된 것이다.

자기의 것을 지키는 방식에 대해서 정말 고민해 보아야 한다.

## 벤처생태계와 오픈 이노베이션

경제는 늘 독점이 깨지고 대중화가 되어 자원배분이 편만해져 집단지성이 발생할 때 성장했다. 문자를 대중화한 학교, 자본을 대중화하여 위험을 분산한 주식회사 제도 등에서 그 예를 찾을 수 있다. 연구의 양극화를 극복하고 대중화하여 집단지성이 발휘된 것이 벤처생태계이다. 아래 이야기는 이를 이해할 수 있는 좋은 예이다.

저자는 2019년 포스텍 학부 3학년 두 학생이 창업한 후 큰 상을 받았다고 해서 이들을 식사에 초대해서 축하하는 자리를 마련했다. 이들은 과학고를 나와 포스텍에 입학하였는데, 과학고에서의 선행 학습으로 1학년 때 대학 생활에 큰 흥미를 못 느끼고 있었다. 이때 창업한 선배의 세미나를 듣고 감동하여 독학으로 댄스의 모션을 캡쳐하는 AI 프로그램을 개발하였다.

평소 춤을 좋아해서 춤 동아리 활동을 했기 때문에 자신이 좋아하는 관심사가 프로그램 개발로 이어진 것이다. 어느 정도 프로그램이 완성되자 자신감을 얻게 되어 휴학하고 창업에 뛰어들었는데, 네이버 등 VC로부터 40억 원 가까운 투자를 받게 되었다. 자신들보다 5~10살 많은 직원을 채용해 CES에 참가하는 등 미국 진출을 위해 매진하고 있었다.

꿈이 무엇이냐는 질문에 빌 게이츠, 스티브 잡스처럼 대학 졸업장 없이 평생 살아가는 인생이라고 답했다. 반면 어려움이 뭐냐는 질문에 일이 안 풀릴 때는 둘이서 술 한잔하면서 '다른 학생들처럼 대학 생활 열심히 할 걸…' 하는 넋두리를 서로에게 한다고 답했다.

저자가 보기에 이들은 평범한 대학생의 모습과는 완전히 다르게, 재벌 2세들처럼 살고 있었다. 하지만 사업자금은 부모로부터 받은 것이 아니라 벤처투자자들로부터 받은 것이다.

이러한 세상이 되었다.

누구나 실력과 도전정신이 있으면 벤처투자를 통해서 자신의 연구 결과 또는 아이디어를 가지고 사업을 할 수 있는 세상이 되었다.

스티브 잡스는 애플을 창업할 때, 100개가 넘는 VC에게 투자설명회를 했다고 앞서 언급했다. 이렇게 벤처투자를 받은 기업들이 매년 2만 개씩 쏟아지면서 연구와 신사업의 지형을 변화시켰다. 이제 오픈 이노베이션은 선택이 아닌 필수라는 뜻이다.

벤처생태계로 인하여 연구 인력과 시설이 대기업의 독점에서 벗어나 벤처로 확산(擴散)됨에 따라 대기업의 기술 전략에서 오픈 이노베이션은 핵심 가치로 자리잡아 가고 있다. 현재 미국에서는 연구 자원의 40%가 대기업, 30%가 벤처기업, 20%가 국가연구소, 10%가 연구 중심 대학이라고 한다.

그러므로 이제 어느 한 조직이 연구를 주도하기 어려운 시대가 되었다. 외부에서 혁신 기술이 먼저 나오면 현재 진행하는 연구의 가치가 낮아지기 때문에 외부 연구 상황을 파악할 수 있는 '센싱 채널'의 중요성이 점점 커지고 있다.

## 오픈 이노베이션 시대를 대하는 자세

오픈 이노베이션 시대에는 연구자들의 개방적인 자세가 매우 중요하다. 내가 더 잘할 수 있는 연구라는 경쟁보다는 외부를 활용하여 더 빠르고 효율적으로 협력과 융합의 연구를 할 수 있는 마인드가 필수적이다. 이러한 생각이 없으면 오픈 이노베이션 연구시장에서 도태될 것이다. 이러한 개방성이라는 태도에 관련된 내용을 살펴보자.

• 기술 분야에서 개방성에 대한 교훈들이 있다.

증기기관이 발명되었을 때 범선 설계자들은 증기선보다 더 빠른 범선을 만들기 위해 노력했지만, 회사를 망하는 쪽으로 이끌었다. 트랜지스터가 발명되었을 때 진공관 연구자들은 트랜지스터보다 더 성능이 좋은 진공관을 연구하여 수박 크기의 진공관을 만들었지만, 박물관으로 직행하였고 회사는 망하였다. 대우자동차의 프린스는 전륜구동의 추세를 역행하면서 후륜구동을 고집하여 회사에 큰 어려움을 제공하였다. 연구자들의 고집스럽고 폐쇄적인 태도는 기업을 망하게 할 수 있는 결정적인 요인이 될 수 있음을 기억하자.


• 신토불이라는 말이 있다. 지역 농수산품(農水産品)이 더 신선하므로 지역 농수산물을 사용하는 것이 좋다는 말도 있다. 이에 반해서 세계 모든 요리를 맛보고 우리 요리도 외국에 수출하는 것이 더 좋다는 의견도 있다. 지역에서 모든 농수산물이 다 생산되는 것도 아니고 냉동 및 유통 기술이 발전하여 지역의 개념이 넓어지고 있다는 의견도 있다. 여러분은 무엇을 원하는가?


• 우리나라처럼 단일민족으로 이루어진 나라는 민족주의 성향이 강하지만, 실질적으로 우리나라는 해외 협력과 수출을 기반으로 성장해왔다. 집단적으로는 신토불이나 민족주의가 마음에 동의가 되면서도 개인적으로는 미국 등에 유학을 가거나 이민(移民)을 꾀한다. 더 나아가 외국 정착에 성공하면 가족들을 초청하기도 한다.

미국의 적성 국가인 이란이나 중국에서 가장 좋은 대학을 나온 많은 사람이 미국으로 유학하여 영주권 및 시민권을 받고 정착하고 있다. 그러면 집단적인 민족주의보다 사람들을 개인적으로 움직이게 하는 힘은 무엇일까?

성공에 대한 야망, 개인의 자유에 대한 갈망 등이 이러한 힘이다.

우리는 단일민족 국가로 스위스와 같이 공식 언어가 4개나 되는 국가를 이해하기는 어렵다. 하지만 스위스는 역사(歷史)를 통해 종교혁명 때 다른 언어를 쓰는 인접한 지역들이 기존의 가톨릭 공국들에 대항하여 함께 싸우면서 자연스럽게 한 나라로서 공동체적인 정신이 형성되었다는 사실을 이해할 수 있다. 미국도 다민족으로 이루어진 국가로서 민족주의와 다른 가치를 통해 한 나라의 공동체 의식을 가지고 있다.

• 미국에 유학이나 이민(移民)을 가서 정착하고 성공한 사람들이 한국으로 역(逆)이민을 하는 경우가 종종 있다. 자녀가 중학생이 되기 전에 오거나 아니면 자녀가 대학에 입학한 이후에 오는 경우들이 있다. 같은 노력으로 비교했을 때, "미국보다는 한국에서 더 성공할 수 있을 것 같다." 또는 "노후 생활을 하기에는 고향 친구도 있고 문화적으로 익숙한 한국이 더 좋다."는 등의 이유가 있다. 그리고 이들의 자녀들은 내가 한국 사람인가, 미국 사람인가에 대한 정체성의 혼란을 겪기도 한다. 마음을 개방하고 미지의 세계를 탐험하는 데는 당연히 위협과 비용이 따른다.

기업들은 외부에 혁신 기술이 있을 확률이 높기에 오픈 이노베이션을 기반으로 많은 정책을 만들어 내고 있다. 우리 스스로는 폐쇄적인가, 아니면 개방적인가? 업무를 함에 있어서 두려움과 도전정신 중 어느 것이 더 큰가? 일반적으로 개방을 추구하다가 좋은 시절이 오면 폐쇄적이고 수구적인 조직으로 변하게 되고, 어려움에 직면하면 다시 개방적으로 되어 어려움을 극복하고자 한다. 난세에 영웅이 난다는 말이 있듯이 어려움이 꼭 나쁜 것만은 아니다.

이 시대의 키워드는 초연결, 플랫폼, 생태계 등이다. 이 속에서 미래를 이끌 혁신이 만들어진다. 이는 서로 독립적인 기관들이 공동의 이익이 있을 때 모여서 형성된다. 이를 위해서는 자유도와 개방성이 필연적이다. 우리나라가 진정으로 이러한 단어의 의미를 깨닫고 구축할 수 있는 역량을 구비할 수 있는가에 미래가 달려있다.

# 대학이란 어떤 곳인가?

대학은 학생들의 미래를 준비하는 곳이다. 이에 대해 학문을 배우는 관점에서, 개인적인 준비의 관점에서, 국가의 미래 인재를 배출하는 관점에서, 그리고 대학 구성원들 사이의 인간관계라는 관점에서 설명하고자 한다. 그리고 대학 졸업 후 진학과 취업에 필요한 실질적이고 구체적인 준비 사항에 대해서도 살펴보고자 한다.

## 대학 생활, 미래를 위한 나의 준비

학문을 시작하기에 앞서 선택, 노력, 정체성과 비전, 그리고 위대한 성과라는 네 단계에 대하여 생각해 보았다면, 학창 시절 동안에는 대학(원)생으로서 어떠한 태도로 대학(원) 생활에 임해야 할까?

20대는 인생의 가을에 풍성하게 수확할 수 있도록 '나'라는 토양에 씨앗을 뿌리는 시기이다.

따라서 이 시기에 어떠한 토양을 준비하느냐에 따라 수확의 결실에는 엄청난 차이가 생길 것이다. 병든 토양을 제대로 관리하지 못한 사람은 거의 수확하지 못할 수도 있고, 정성을 들여 양질의 토양을 마련한 사람은 30배, 60배, 100배의 결실을 이룰 수도 있을 것이다.

학창 시절에 좋은 토양을 준비하기 위해서는 다양한 가치관과 철학을 익히고 넓은 안목과 사고, 그리고 통찰력을 기르도록 노력해야 하는데,

이러한 과정들 가운데 저자가 대학 생활에서 특히 중요하다고 생각되는 요소들을 아래에 소개하고자 한다.

## 학문에 대한 이해, 학문의 자유

지성의 요람이라고 불리는 대학교에서 학생들은 고등학교에서 했던 공부와는 다른 '대학교에서의 학문의 개념'을 스스로 정립할 수 있어야 한다.

고등학생까지는 가치판단이 미숙하다고 국가에서 판단하여 인정하는 부분만 가르치도록 정해져 있지만, 대학교는 다르다. 우선 대학교에서는 고등학교 때까지의 공부와는 다르게 교과서를 맹신할 필요가 없으며 교수의 가르침도 전부 다 받아들일 필요가 없다. 대학교는 자신의 지성으로 스스로 판단해서 받아들이거나 거부할 수 있는 학문에 대한 자유가 있다.

학문에는 모든 사람이 인정하는 절대 불변의 법칙(law)도 있고, 특정 그룹에 의해서 받아들여지는 이론(theory)도 있다.

이러한 이론들은 실험으로 증명될 수 없는 것으로, 받아들이는 사람들도 있는가 하면 거부하고 다른 이론을 만드는 사람들도 있으므로 학파들이 생기고 토론도 하는 것이다.

이런 학파들이 나올 수 있는 토양은 다름이 아니라 학문의 자유이다. 학문의 자유가 없이 국가나 다른 기관에서 통제가 이루어지는 북한과 같은 사회구조에서는 학문의 진전이 일어나기가 매우 어렵다. 공산주의와 같이 학문의 자유가 없는 정치 시스템은 지식의 궁핍이 멸망의 한 원인으로 언급된다.

학문의 자유에서 가장 중요한 것은 학문의 주체인 사람, 즉 교수와 학생이다. 학생들은 학위과정을 거치는 동안 이 부분을 인식하고 즐기면서 대학에서의 학문의 자유를 자신의 체질로 만들려고 노력해야 한다.

## 대학의 존재 이유

대학의 존재 이유에 대해서 학생과 사회 두 관점에서 살펴보고 싶다. 우선 학생의 입장에서 대학은 학생들의 역량 함양과 성장을 위하여 존재하는 교육기관이다. 모든 교수와 직원, 그리고 대학교의 모든 조직과 시설은 대학 생활 동안 대학생들의 잠재력을 최대한으로 끌어 올려주기 위하여 존재하는 것이므로, 대학생들은 대학의 모든 것을 활용하여 자신의 역량을 키우기 위해 최선의 경주를 해야 한다.

대학이 학생들을 도와주는 방법에도 크게 두 가지가 있다. 학생들에게 다가가는 능동적인 방법과 준비를 해 두고 학생들이 찾아오길 기다리는 수동적인 방법이다. 첫 번째의 경우에는 모든 학생이 똑같이 받을 수 있는 만큼 학생 개개인이 얼마나 성장할 것인지는 결국 두 번째 경우에 의해 판가름 나게 될 확률이 높다. 하지만 이 경우에는 학생들 쪽에서 적극성을 가져야 한다는 어려움이 있다.

"교수님이 바쁘신데 내가 시간을 뺏는 것이 아닐까?"

이런 생각으로 주저하는 학생들이 많은데, '대학교는 대학생들을 위해 존재한다.'라는 믿음으로 이겨내야 한다. 또한 두려움, 쑥스러움, 어색함, 처음 시도하는 것이라 생기는 긴장감 등을 "이 대학교는 나를 위해 존재하는 것이지."라는 믿음으로 이겨내야 할 것이다.

포스텍은 교수 1인당 학생 수 비율이 좋다고들 하지만, 학생들이 직접 교수를 찾아가지 않으면 이러한 장점은 무의미하다. 얼굴을 조금 두껍게 하고 과감하게 교수를 찾아갈 수 있는 이유들을 만들어서 부지런히 찾아가야 한다. '대학교는 자신을 위한 존재'라는 믿음을 토대로 대학교에서의 모든 생활에 임한다면, 대학에서의 학위과정 동안 학생들이 얻을 수 있는 경험과 그 가치는 무궁무진할 것이다.

두 번째 대학의 존재 이유는 사회적인 관점이다.

개인적 성장이 학생들 개개인의 관점에서 보는 대학교의 존재 이유라면, 사회적인 관점에서 대학교의 존재 이유는 학생들을 교육하여 졸업 후 사회 각 분야에서 맡은 역할을 충실히 수행할 구성원들을 길러내는 것이다. 대학은 교직원과 시설 등 많은 자원을 지원함으로써 학생들이 개개인의 잠재력과 역량을 충분히 키울 수 있는 환경을 제공해 주고, 이러한 환경 속에서 길러진 우수한 인력들이 졸업 후 사회에 이바지하는 인재로 성장하는 것을 목표로 하고 있다.

연구 중심 대학의 학생들은 장학금과 해외 연수 기회, 우수한 연구 시설 등 개인의 성장을 도모할 수 있는 혜택을 많이 받는 만큼, 훌륭한 연구라는 사회적 성취를 통해 그동안 받은 혜택을 사회에 환원할 수 있는 인재로 성장해야 할 책임을 갖고 있다. 따라서 학생들은 자신의 역량을 최대한으로 키울 수 있도록 대학의 지원을 받을 권리뿐만 아니라 국가를 대표하는 인재라는 자부심과 함께 사회적 책임을 수행할 의무를 동시에 가지고 있음을 인지하고, 대학 생활에서 얻을 수 있는 여러 경험과 기회들을 충분히 활용할 수 있도록 노력해야 할 것이다.

## 대학에서 개인의 성장, 독립적인 인격체

대학은 사회로 나가기 전 마지막 교육기관이다. 학생 개개인에게는 독립적인 인격체로 성장하여 사회생활을 준비하고 교수와 동기, 그리고 선후배들과 좋은 관계를 맺어 미래를 대비할 수 있다.

우선 독립적인 인격체로서의 성장에 대해 살펴보자.

학생들은 고등학교를 졸업하고 대학생이 되면서 프로의 길에 뛰어들게 되는데, 프로가 되기 위한 가장 첫 번째 단계는 독립적인 인격체가 되는 것이다. 진로와 의사결정에 있어 부모와 교사의 도움을 받아왔던 고등학생 때와는 달리 대학생들은 자신의 인생을 본인 스스로 사는 연습을 하게 된다.

선택의 기로(岐路)에 설 때마다 다른 사람이 아닌 자신의 자유 의지로 의사결정을 해야 하며, 결정에 의한 모든 결과에 대해서도 본인이 책임을 지는 것이다. 이러한 경험이 없는 사람에게 결정과 책임은 큰 부담으로 다가올 수 있다.

하지만 처음부터 결정을 잘할 수는 없다. 부단한 노력과 경험이 필요하다. 타인의 말을 듣고 결정을 내린 후, 결과가 좋지 않으면 "네가 하라고 했잖아?" 또는 "남이 하라고 해서 이렇게 되었다." 등의 핑곗거리를 만드는 것을 우리 마음속에서 쉽게 발견할 수 있는데, 이런 태도는 우리의 인생이 아닌 다른 사람의 인생을 대신 살아가는 꼴이다.

물론 그 누구도 부모, 교사와 교수, 또는 친구의 인생을 대신 살아주고 싶어 하지 않는다.

이런 의미에서 대학교는 스스로 결정하고 스스로 책임을 지는 훈련을 하기에 매우 좋은 곳이다. 대학 졸업 후 직장생활과 결혼생활이 시작되면 의사결정에 대한 영향력의 범위가 커지기 때문에 시행착오를 겪어내기가 쉽지 않기 때문이다.

따라서 학생들은 대학에 다니는 동안 용기를 가지고 여러 가지 기회에 도전하여 실패를 두려워하지 않고 자신의 결정에 책임을 지는 연습을 부단히 해 나가야 한다. 시도해 보면 성공할 때도 있고 실패할 때도 있는데, 이 모두에서 배움을 얻게 되는 인생의 묘미를 조금씩 알게 될 수 있으리라 믿는다.

## 대학에서 인간관계의 성장

마지막으로 소개하고 싶은 내용은 대학 생활을 하면서 만나게 되는 '주위 사람과의 관계'이다. 대학에서의 인간관계는 교수와 선배, 동년배, 그리고 후배라는 세 부류로 나눌 수 있다. 이 세 관계는 각각의 의미가 있다. 이에 대해 살펴보자.

• 주위 사람과의 관계 1(교수와 선배)

대학교에는 교수를 포함하여 많은 선배가 있다. 최소 10년 이상 나이가 많고 전공 분야에서 경험을 많이 한 사람들은 멘토가 되어 학생들이 미래를 설계할 때 자신들의 경험을 토대로 한 폭넓은 조언을 해줄 수 있을 뿐만 아니라, 취직과 유학 등에 관한 구체적인 정보들을 동일 분야 사람들과 공유하며 학생들에게 제공할 수 있다.

이런 선배님들의 도움을 전혀 받지 않고 자기 또래의 친구들이나 전공 분야 밖의 사람들과 자신의 미래를 논의하는 것은 학생들에게 큰 도움이 되지 않는다. 특히 구체적이고 성실하게 추천서를 써줄 수 있는 교수와 선배 3~5명을 친구로 사귀는 일은 단기적인 미래 준비의 측면에서도 큰 도움이 되는데, 이러한 과정에서 부수적으로 윗사람을 대하는 노하우도 터득하여 앞으로 직장 상사와의 관계에 현명하게 대처하는 데에도 도움이 될 것이다.

교수와 선배들이 좋은 기회에 대한 정보가 있을 때는 자신의 신용이 달려 있으므로 당연히 자기 주위에 있는 믿을 수 있는 학생을 추천하게 마련이다.

• 주위 사람과의 관계 2(동년배)

단기적인 미래 10년 정도를 도와줄 수 있는 사람들이 교수와 선배라면, 현재 함께 공부하는 비슷한 연배의 또래들과는 20년 이후에 서로 도움을 주고받을 수 있다. 40대가 되면 각자 직장에서 어느 정도 직위를 갖게 되며 자신이 속한 조직의 내부 자원에 대해서는 대부분의 통찰을 갖게 된다. 따라서 외부 자원에 접근할 수 있는outsourcing 능력에 의해 개인차가 생기게 마련인데, 이때 자신과 비슷한 직위에 있고 비슷한 역할을 하는 외부 조직의 또래 친구들이 있다면 서로에게 큰 도움이 될 수 있다. 비단 이러한 부수적인 이익 때문에 친구를 사귀는 것은 아니지만, 실제로 사회에 진출했을 때 매우 중요한 역할을 하게 된다.

아울러 미래의 글로벌 네트워크를 생각하면 외국 친구들과의 사귐도 큰 노움이 될 것이다. 저자도 개인적으로 지금 일하고 있는 사람들 대부분이 함께 학창 시절을 보낸 친구들인데 정말 도움이 된다. 만일 여러분이 대학(원)생이면, 주위에 있는 친구들을 보라. 20년 후에는 다른 사람들이 되어 있을 것이다.

• 주위 사람과의 관계 3(후배)

시간이 더 흘러 30년 후 정도엔 현재 학생들이 지도자의 위치에 오를 것이고, 지도자는 추종자가 있어야 하는 만큼 이런 측면에서 후배들과의 관계 또한 중요하다. 따라서 평소 또래들과 후배들이 도움이 필요하거나 어려움을 겪고 있을 때 가능하면 진심으로 도와주는 습관을 기르는 것이 좋다.

자신이 진심으로 타인을 도와준 경험이 없는 경우 타인으로부터 진심 어린 도움을 받을 수도 없기 때문이다. 선배와 또래 친구, 그리고 후배와의 관계에서 알 수 있듯이 인생은 세대와 세대를 이어주는 다리이다. 이를 깨닫고 주위에 있는 사람들을 소중하게 생각하며 그들과 마음을 서로 주고받으며 살아가는 인생의 행복을 느끼기 시작하는 시기 역시 대학 시절이다.

# 대학 생활의 구체적인 준비

위의 내용들이 건강한 대학 생활을 위한 기본적인 이해라면, 곧 다가올 미래를 위한 구체적인 준비 역시 대학 생활에서 빼놓을 수 없다.

대학생들은 대학에 다니면서 졸업 후 다가올 미래를 위한 가시적인 준비를 해야 한다. 어떤 대학생은 계속 공부하기 위하여 연구 경험을 쌓기도 하고, 취직을 준비하는 학생들은 소위 말하는 스펙 쌓기도 한다. 이렇게 미래를 위한 준비는 짧게는 대학 졸업 후 바로 다음 단계를 위한 것이다. 다음 단계의 구체적인 목표가 무엇이든지 간에 학생들이 학창 시절 동안 항상 염두에 두고 준비해야 할 것이 몇 가지 있다.

## 교과과정

대학은 교과과정을 통하여 학생들에게 지식을 전수한다. 이와 관련된 첫 번째는 학점 관리이다. 높은 학점은 학생의 우수한 학업능력뿐만 아니라 성실성을 보여준다는 점에서 좋은 인상을 주게 된다. 물론 학점이 학생의 능력 또는 성실성을 모두 반영한다고 볼 수는 없지만, 오랜 기간에 걸쳐 여러 과목의 담당 교수님들로 평가받은 결과인 만큼 그 신뢰도가 상당히 높을 뿐만 아니라 여러 환경과 프로그램에 대한 학생의 적응력 또한 반영하고 있다.

또한 많은 대학원과 연구소, 기업 등에서 사람을 뽑을 때는 일정한 기준 점수를 최소한의 필요조건으로 내세우기 때문에, 좋은 학점을 유지하는 학생은 그만큼 앞으로 많은 기회를 가질 수 있다. 기록으로 남는 것은 오래가기 때문에 기록을 소홀히 하다가 자신이 하고 싶은 기회를 학점 때문에 하지 못하는 경우가 발생하지 않도록 하는 것이 좋다. 학점 때문에 기회를 잃어버리는 일은 어리석은 일이다.

교과과정과 관련된 두 번째는 학점 포트폴리오이다.

대학교에 들어와서 수강 신청을 할 때 교양필수, 기초필수, 전공필수, 전공선택, 자유 선택 등으로 과목을 분류하고 있다. 이는 그 전공 분야를 먼저 공부한 선배들이 오랜 경험을 바탕으로 이 분야에서 좋은 학자가 될 수 있도록 교과과정을 만들어 놓은 것이다. 일단 자신이 하고자 하는 분야의 교수와 선배를 존중하고 이분들을 믿고 따라가는 것이 최상이다. 물론 자신도 시간이 지나면서 경륜이 쌓이고 시대의 흐름을 파악하여 학점이나 과목을 나중에 조정할 기회를 가질 수 있다.

교양필수는 대학생이자 미래 지도자로서 기본적으로 필요하다고 여겨지는 과목이다. 기초필수는 여러 전공에서 공통으로 필요한 과목이다. 예를 들어, 공과대학에서는 수학, 물리, 화학, 생물 등 기초과학이 이에 해당한다. 또한 전공필수는 자신이 정한 학과에서 꼭 필요하므로 개설되는 과목이다. 이러한 필수 과목들은 어느 교수가 가르치든, 자신이 좋아하든 아니든, 지루하든 관계없이 최선을 다해야 한다.

필수적인 과목이기 때문이다.

선택과목은 자신만의 목적을 가지고 선택하는 것이 좋다.

예를 들어, "나는 기계공학과지만 바이오 쪽으로 특화하겠다." "IT로 특화하겠다." "IT, 바이오, 나노 등 여러 분야를 폭넓게 배우겠다." 등으로 자기 생각에 따라 자신이 수강을 결정한 각 과목에 대한 태도가 성적표에 어느 정도 나타나게 마련이다. 이는 자기의 일과 인생을 대하는 태도가 반영되어 있기도 하다. 성적표에는 때때로 갑작스럽게 어려워진 가정형편, 이성 친구와의 실연 등도 담겨 있을 수 있다.

## 학위논문

석사나 박사 과정의 대학원 학생들에게는 학점만큼 중요한 것이 바로 학위논문이다. 졸업 요건이 수업뿐인 대부분의 학사 과정 학생들과 달리 석사, 박사 과정의 학생들은 학위과정의 또 다른 필수 요건인 연구의 결과가 논문에 반영되어 있어야 하는 만큼 높은 수준의 학위논문을 쓰는 것이 중요하다.

일부 학과는 학사 과정에도 졸업 논문을 작성하고, 석사 과정도 학위논문 없이 학위를 주는 과정이 있다. 특히 일부 연구소에서는 사람을 채용할 때 졸업 논문의 내용을 꼭 확인하고 이에 따라 연구원들을 선정, 적절한 부서에 배치하는 만큼, 졸업 후 연구 인력으로서 사회에 진출할 학생들의 경우에는 좋은 학위논문을 작성하는 것이 매우 중요하다.

## 이력서와 자기소개서

학점이나 학위논문 외에도 학생의 능력에 대해 객관적으로 보여줄 수 있는 것이 이력서이고, 주관적으로 자기의 생각을 담은 것이 자기소개서이다.

이력서와 자기소개서는 본인이 작성하긴 하지만, 학력과 경력, 상벌, 자격증, 논문, 학회 발표, 특허, 기사 등 한 사람의 경험을 통한 실력을 엿볼 수 있는 객관적인 지표들을 위주로 작성되므로 자신을 홍보하기에 좋은 수단이다.

이러한 이력서는 채용 담당자가 가장 처음으로 접하는 문서가 될 가능성이 높은 만큼 한 사람의 첫인상이라고 해도 과언이 아니다. 사소한 것 하나까지도 그 사람의 직무 적합성을 알아보는 데 도움이 될 수 있으므로 학생 때부터 경력과 기술, 각종 특별활동 등의 경험이 추가될 때마다 이력서를 수시로 업데이트하며 관리하면 좋다.

특히 교수를 꿈꾸는 학생이라면 대부분의 학교에서 연구계획서와 강의계획서를 요구하기 때문에 박사 과정 때부터 준비하여 연구 조교나 강의 조교를 할 때의 경험을 바탕으로 자기의 계획서로 만들 수 있도록 하면 도움이 된다.

자기소개서는 다양한 경험에서 자기의 내면을 관찰하여 동기와 마음을 다른 사람들과 다른 독창적인 내용으로 글에 담을 수 있으면 좋다. 평소에 강의, 논문 게재, 학회 발표, 연구실 생활 등에서 마음에 감동이 생기는 경우 메모를 통하여 자기소개서의 소재를 미리 준비하는 습관도 도움이 된다.

## 추천서

마지막으로 각 분야의 전문성이 깊어질수록 객관적인 자료만으로는 타인의 능력을 평가하기가 힘들어서 생긴 제도인 추천서가 있다. 사실 같은 기계공학과 교수이지만, 다른 교수가 연구하는 분야를 자세히 아는 것은 쉽지 않을 정도로 전공이 세분화(細分化)되어 있다. 그리고 한 학교에서 같은 분야의 교수를 여럿 임용하지 않기 때문에 서로를 평가한다는 것은 참 어려운 것이 현실이다.

추천서는 특정 분야의 전문가가 오랫동안 학생과 관계를 지속하면서 주관적인 시선으로 학생을 평가함으로써 해당 분야에서의 능력을 가늠하는 데에 도움을 줄 수 있다. 또한 추천하는 사람이 이름을 걸고 추천 학생을 보증한다는 의미인 만큼 권위 있는 사람으로부터 받은 추천서가 갖는 영향력도 크다.

　따라서 학생으로서 받을 수 있는 가장 적절한 추천서는 아마도 본인을 가르친 교수로부터의 추천서일 것이다. 하지만 의미 있는 추천서를 작성하기 위해서는 추천인이 평소 학생을 관찰해 왔으며 구체적인 근거를 바탕으로 평가할 수 있어야 하므로, 학생들은 평소에도 추천서를 써 줄 수 있는 교수들에게 본인을 알리려는 노력을 기울여야 한다. 정기적으로 만날 기회를 만들고 관계를 형성하면서 본인을 어필할수록 구체적이고 풍부한 추천서를 받을 수 있으며, 성적이나 연구논문, 이력서 등으로는 파악하기 어려운 숨겨진 특성이나 인성 등에 대한 객관적인 평가를 받을 수 있다.

　구체적으로 한 학기에 1~2 교수를 선정하여 10번 이상 찾아가서 교수를 친구로 사귈 것을 추천한다. '교수가 바쁠 텐데?'라는 생각이 들면 대학이 왜 존재하는지,

　교수가 왜 월급을 받는지에 대한 질문으로 다시 돌아가서 마음을 다지고 얼굴을 조금 두껍게 하고 과감하게 찾아가야 한다.

　자신의 인생을 바꿀 수 있는 일에 과감히 도전하길 응원한다. 대체로 일반 연구직은 추천서가 3개, 교수와 같은 교육직은 5개, 종신 교수 승진에는 10개 정도의 추천서가 필요하다.

　친구가 삼성전자에 입사가 확정되어 오리엔테이션에 참여했을 때, 추천서에 대해 삼성전자 직원이 이야기한 일화를 소개하고 싶다.

대부분 일반화된 추천서를 입사 지원서와 함께 보낸다고 한다. 그 내용은 "위 학생은 품행이 방정하고 학업성적이 우수하며…" 등으로 대부분 내용이 대동소이하다.

그런데 친구의 추천서에는 '이 학생과 대화하는데… LP판을 얼마나 소장하고 있고 클래식 음악에 조예가 깊다'라는 등 서로 잘 모르면 알 수 없는 구체적인 내용들이 들어있었다고 한다. 직원이 두 추천서를 지목하면서 "이렇게 내용이 없는 추천서를 받아오는 학생과 이렇게 구체적이고 알찬 추천서를 받아오는 학생의 미래가 어떨 것인가를 잘 생각해보세요."라고 했다고 한다.

친구는 이 이야기를 들었을 때 "교수님, 감사합니다."라는 생각이 들었다고 한다. 물론 이 친구는 교수를 계속 찾아다니는 적극성이 있었던 것은 말할 나위도 없다.


학생들은 이렇게 학창 시절 동안 학점과 평점(GPA, grade point average) 관리, 논문 작성, 이력서와 추천서 준비 등 졸업 후 다음 단계로 수월하게 넘어가기 위해 차근차근 준비해야 한다.

서류 평가에 AI 기술 활용이 점점 늘어가기 때문에 앞서 언급한 서류 관련 준비에서 보편성과 독창성이 잘 반영되어 여러분들의 미래를 여는 기반이 되길 바란다.

PART 3.

# 건강한 연구실을 위한
# 철학과 정책

"대학 생활은 실제 생활이기에 실질적인 정책이 필요하다. 아래의 내용은 포스텍 기계공학과 저자의 연구실에 실제로 실행된 정책들이다. 읽어 보면 너무 많고 복잡한 것 같이 느껴질 수도 있다. '굳이 이렇게까지 해야 하나?' 하는 생각이 들 수도 있다. 하지만 대학원생들이 각자의 소중한 시간을 좀 더 효율적으로 미래를 위해 가치 있게 사용하기 위해서는 철학과 정책은 꼭 필요한 것이다.

처음 대학 생활을 시작할 때는 모든 일이 새롭고 익숙하지 않지만, 3개월 정도 지나면 대학 생활이 자기 삶의 일부가 된다. 마찬가지로 초기에 연구실 정책이 시스템으로 만들어지고 몇 번 반복하여 실행되면서 부족한 부분이 보완되면, 많은 것 같은 정책들이 새로운 시스템으로 정착되어 모든 구성원에게 익숙해져서 부지런히 연구실에서 생활하게 만든다. 시스템과 습관이 중요한 이유는 자신의 실제 사용하는 시간을 구성하고 있기 때문이다. 아래 내용이 이런 실제 생활의 관점에서 읽히면 좋겠다.

학생들이 진지하게 학문에 임하고 본인들의 미래를 위해 실질적인 준비를 충실히 할 수 있도록 연구실에서는 어떠한 철학을 바탕으로 어떠한 정책을 세울 수 있을지 이야기해 보도록 하겠다.

# 연구실 철학

혼자서 할 수 없는 목표를 달성하기 위하여 조직을 만든다. 이 조직에서 하나의 단합된 힘을 만들기 위해 가장 중요한 정체성과 비전, 또 갈등을 줄이기 위한 구성원들 간의 인간관계, 그리고 목표 달성을 위한 리더와 구성원 사이의 역할에 대한 철학을 알아본다.

## 연구실 철학의 두 기둥: Accepting Spirit과 Winning Spirit

모든 개인과 조직에서 가장 중요한 것은 정체성과 비전이다.

여러 사람이 모인 조직을 운영하기 위해서는 우선 그 조직의 정체성과 비전이 뚜렷해야 하는데, 이는 연구실도 예외는 아니다.

연구실 구성원으로서의 정체성이 뚜렷하다면 소속감과 자부심을 바탕으로 더 좋은 연구실을 만들기 위해 노력할 수 있다. 정체성과 더불어 뚜렷한 비전은 이루고자 하는 목표를 향해 정진할 수 있도록 만들어 주기 때문이다.

## 정체성을 강화하는 Accepting Spirit

구성원으로서 소속감을 가지도록 하려면 구성원들이 서로를 있는 그대로 받아들이고, 보듬어 주는 accepting spirit을 가져야 한다. 서로 악의적으로 경쟁하거나 비교하지 않고, 행동이나 성과에 따라 비판하지 않으며, 실수도 너그러이 용서해 주는 이해심을 보여준다면 구성원들 사이에 끈끈한 정과 함께 안정감과 소속감을 심어주게 되어 연구실 구성원으로서의 강한 정체성을 가질 수 있다.

물론 선의의 경쟁과 상대방을 위하여 좋은 방향으로 수정해 주는 경우는 당연히 허용된다. 실제로 어떤 조직에 소속되기 전에 그 조직에 직접적으로 공헌한 경우는 매우 드물며, 대부분 다른 조직에서 한 것을 평가받아서 새로운 조직에 들어오게 된다. 이렇게 새로운 조직원이 조직에서 적응하고 소속감과 정체성을 건전하게 강화해 주는 분위기와 품과 문화를 조직은 가지고 있어야 한다.

소속감과 정체성을 강화하기 위한 분위기와 품과 문화를 위하여 조직은 조직원을 있는 그대로 받아주는 accepting spirit이 있어야 하며, 다른 사람을 희생양으로 삼는 criticizing spirit이 작동해서는 안 된다.

이러한 accepting spirit의 극한 개념은 무한한 용서이다. 물론 잘못을 그냥 넘어가자는 의미는 아니지만, 적어도 정체성을 흔들면 안 된다는 것이다. 가족적인 분위기와 일맥상통한다.

이러한 분위기가 조직에 있으면 조직원은 심리적으로 안정되고 조직을 위해서 힘을 하나로 만들 수 있다.

## 비전을 강화하는 Winning Spirit

또한 연구실의 비전을 세울 때는 구성원들의 꿈과 욕구가 반영된 확고한 비전을 제시하고, Winning Spirit을 가지도록 독려해야 한다. Win-

120

ning Spirit은 공통된 목표를 향해 달려가기 위한 열정과 용기, 자신감을 심어주고, 할 수 있다는 믿음을 가지게 함으로써 구성원들이 비전을 실현하기 위해 개개인의 능력을 최대한 발휘할 수 있도록 도와줄 수 있다.

조직원이 과거에 어떤 배경을 가졌다고 하더라도 지금부터 열심히 하면 무엇이든 할 수 있다는 Winning Spirit은 조직원을 포기하지 않게 만들 수 있다. 세상에서 가장 무서운 사람은 똑똑한 사람이 아니라 목숨을 걸고 포기하지 않는 사람이다. 물론 정정당당한 방법으로 포기하지 않는다는 의미에서 그렇다.

Winning Spirit의 반대 개념이 패배주의, 즉 Losing Spirit이다. 성적이 좋지 않아 감독을 바꾼 구단의 새 감독이 취임사에서 하는 말이 대부분 패배 의식을 없애겠다는 것이다. Winning Spirit의 극한 개념은 무한한 격려이며, 이는 할 수 있다는 정신으로 비전을 강화해 준다.

결론적으로 Accepting Spirit과 Winning Spirit은 조직의 정체성과 비전을 강화하는 데 가장 중요한 정신이며, 연구실이나 실험실을 떠받치고 있는 가장 큰 두 개의 주춧돌이자 기둥이다.

# 연구실에서의 인간관계

　정체성과 비전이 자리 잡은 다음에는 구성원 사이의 인간관계가 중요하다. 인간관계에서 가장 중요한 일은 다른 사람의 자유 의지를 조작, 조정, 통제, 간섭하지 않는 것이다. 교수, 선배, 또는 다른 권위를 가지고 상대방의 자유 의지 경계를 넘나드는 것은 조직의 가장 큰 해악 가운데 하나이다. 이는 도둑질과 같다.

　스스로 개인과 조직의 비전을 일치시키고 공헌하려는 활동을 중단시키며, 자기 동기 부여(self-motivation)를 저해하고 구성원 간의 관계를 파괴하는 행위다.

　개인은 도둑이 자기의 집에 침입했을 때 자신의 가정과 재산을 지키려고 하듯이 자신이 선택할 수 있는 자유 의지의 영역을 굳건하게 지켜서 자신의 인생을 다른 사람이 조작하지 않도록 방어하여야 한다.

　교수가 학생의 자유 의지 경계를 넘어설 때 "교수님, 이것은 제가 결정해야 하는 문제라고 생각합니다."라고 자기의 경계를 스스로 방어할 수 있어야 한다.

　하지만 조직은 공동체이기 때문에 실험실 내에 문제가 발생하면 모든 힘을 다하여 함께 해결해야 한다. 그렇게 해야만 조직의 구성원으로서의 정체성과 연구실 공통의 비전이 확고하게 자리 잡게 되고 건강한 인간관계의 자유로운 분위기에서 깊은 관계가 형성될 수 있다. 연구실 내에서 힘든 일을 함께 헤쳐 나가는 경험을 공유하게 되면 자연스럽게 구성원들 간에 강한 친밀감과 유대감으로 끈끈한 동료애가 형성된다.

결론적으로 구성원들끼리 서로의 의사를 존중하고 침범해서는 안 될 개인의 경계를 분명히 함으로써 건전한 관계를 형성하는 것이 매우 중요하다. 동시에 구성원들의 의지를 전폭적으로 지지해 주고, 도움이 필요할 때는 서로를 도와줌으로써 자기의 일처럼 응원하고 함께 문제를 해결해 나가며, 공동체 의식을 키워나갈 때 연구실 구성원들 사이에 더욱 튼튼한 관계를 형성할 수 있다.

"개인은 너무나 소중한 존재이기 때문에 조직을 위하여 희생을 강요받아서는 안된다."라는 개인 존중 인권 사상과 함께, "하지만 개인은 너무나 소중한 존재이기 때문에 자신을 지켜주고 기회를 주는 연구실(조직)을 위하여 최선을 다 한다."는 직업윤리를 동시에 확립하여야 한다. 이 둘에 대한 순서가 중요하다.

개인의 가치(자유)과 연구실(조직)의 목표 사이의 균형과 긴장에 의해 연구실(조직)이 건강하게 성장할 수 있다.

# 조직으로서의 연구실, 리더와 구성원

　조직을 위한 올바른 의사결정을 위해 조직과 관련된 모든 정보는 리더에게 전달되어야 한다. 연구실도 조직이므로 전체 조직이 발전하기 위해서는 조직의 리더인 지도교수의 의사결정이 중요한 역할을 한다.

　이런 관점에서 연구실 구성원으로서 학생들은 연구실과 관련된 모든 정보를 지도교수에게 신속히 전달하는 구심력이 필요하다.

　정체성과 비전을 바탕으로 한 건강한 관계와 더불어 리더인 지도교수와 학생 사이의 Leader-Follower 관계 또한 연구실 활동에 있어 매우 중요한 역할을 하기 때문이다

　한 단체의 원활한 운영을 위해 리더는 연구실 내에서 일어나는 모든 일을 파악하고 있어야 한다.

　리더가 충분한 정보를 가지고 있어야 어떠한 문제가 발생했을 때 문제를 해결하거나 미연(未然)에 방지할 수 있기 때문이다.

　학생이 잘못을 숨기기 위해, 또는 성과나 실적을 독차지하기 위해 지도교수에게 공개하지 않는 일들이 생긴다면 구성원들의 관계가 약해질 뿐 아니라 조직 전체가 위험에 빠질 수도 있다. 학생들이 리더를 믿고 연구실과 관련된 모든 일을 지도교수와 함께 상의할 때, 문제를 빠르게 해결하고 구성원 전체가 성과를 인정받을 수 있다.

학생들이 좋은 일에 대해서도 지도교수를 통하여야 자신의 업적에 대해 최대로 인정받을 수 있고, 안 좋은 일에 대해서도 최대한 보호받을 수 있다. 그러므로 학생들은 지도교수를 믿고 따라야 한다. 물론 지도교수도 충분한 인격의 성숙을 위해 계속 노력해야 한다.

하지만 다른 사람을 바꾸는 것은 거의 불가능하므로 저마다 자신이 할 역할을 다하는 것이 더욱 중요하다. 따라서 구성원 모두가 불완전한 존재이지만, 서로를 신뢰하고 지도교수와 학생 사이에도 정보를 쉽게 공유할 수 있는 분위기가 마련되어야 한다.


관련된 예를 들고 싶다.

한번은 박사 과정 중인 후배에게 전화가 왔다. 자신의 연구실은 보통 6년 정도 걸려 학위를 한다는 이야기와 함께, 자신은 4년 만에 졸업할 수 있을 것 같은데 지도교수님이 졸업 후 더 남아 있기를 원한다면서 조언을 부탁해 왔다.

찬찬히 이야기를 듣자니, 후배가 지도교수와 거래하고 있다는 느낌을 받았다. 그래서 지도교수와 거래를 중단하라고 충고했다.

그냥 지도교수는 제자가 잘되도록 도와주는 것을 기뻐한다며 믿으라고 했다. 졸업하는 것과 계속 박사후과정으로 실험실에 남는 것을 서로 섞어서 거론하지 말고, 이 두 가지는 서로 다른 이슈이니 따로 떼어 이야기하라고 했다.

"제 생각에는 이렇게 준비하면 학위논문 심사를 하는 데 부족함이 없다고 생각하는데, 교수님 의견은 어떠십니까?"

이런 식으로, 이제까지 기회를 주고 지도를 해준 것에 대한 존경과 감사하는 마음으로 예의 바르게 여쭤보라고 이야기해 주니, "지도교수께서 박사후과정에 관해 이야기하면 어떻게 합니까?"라고 물어왔다.

저자는 우선 감사하다고 표현하고 직급, 연봉, 기대치 등의 조건을 물어본 다음, 가족들과 상의해서 답을 드리겠다고 답변하라는 조언을 했다.

연구실에서 지도교수와의 관계 설정은 앞으로 사회생활을 하면서 겪는 인간관계의 시금석이 될 가능성이 높다.

머리 안에서 자신의 이익과 상대의 이익을 계산하고 거래하는 골치 아픈 관계보다는 서로를 믿고 신뢰하는 관계를 시작하는 것이 인생을 아름답고 풍요롭게 살 수 있는 비결이다.

# 연구실 정책

연구실 구성원으로서의 뚜렷한 정체성과 비전을 바탕으로 신뢰 기반의 인간관계가 형성된 교수와 학생 사이의 안정된 구조는 원활한 연구실 운영을 위한 체계적인 시스템을 구축하는 데 탄탄한 철학적 토대가 된다.

이러한 철학을 바탕으로 연구실에서는 학생들이 본인들의 미래를 구체적으로 준비할 수 있도록 연구실을 운영해 나가기 위한 정책들이 필요하다. 우선 학생들은 실력을 기르기 위해 대학에 오기 때문에 자기의 지식을 쌓는 데 최선을 다해야 한다. 초등학교부터 대학교까지는 잘 정의된 문제를 푸는 것을 연습한다. 1분 이내에 풀 수 있는 문제로부터 몇 시간이 걸리는 문제를 접하게 된다.

대학원에 가면 문제의 정의부터 시작하여 방법론 그리고 결과의 해석 모두를 스스로 할 수 있어야 한다. 또한 영어로 논문을 쓰고 발표할 수 있는 소통 능력이 요구된다. 박사 학위 후에는 학기를 책임지는 강의를 할 수 있고, 미래 연구 방향을 예측하여 연구비를 수주할 수 있는 능력이 요구된다.

이를 독립적인 연구자(independent researcher)라고 한다. 시기별로 요구되는 능력이 다른데 이 능력들을 익히는 데 최선이 요구된다. 이런 노력을 체계적으로 접근할 수 있도록 정책을 수립하였다.

또한 학생들에게 단순히 학문만 열심히 하면 좋은 미래가 올 것이라는 순진한 생각보다는 대학에서 내 인생의 꿈을 만들어 가고 그 꿈을 이룰 수 있도록 대학 생활을 계획해 나간다는 보다 성숙한 자세가 필요하다.

　이러한 연구실 운영과 관련한 세부 정책에는 크게 대학생과 대학원생 공통, 대학생 대상, 그리고 대학원생을 대상으로 한 정책들로 구분된다. 아래에 소개된 내용은 저자의 연구실에서 실질적으로 실행한 프로그램이다.

## 연구실 정책 1, 대학생과 대학원생 공통

　알찬 대학 생활을 위해 저자가 경험한 많은 사례들을 모아 분류했다. 그리고 실제 실행하면서 첨삭하여 다음의 항목들로 정리가 되었다.

## 신입생 워크숍

　매년 학기 초에 신입생을 대상으로 이 책의 내용을 가지고 하루 종일 워크숍 시간을 가짐으로써 연구실에서 이루어지는 활동들을 안내하고 대학과 연구실 생활에 대한 학생들의 이해를 높이도록 한다.

　대학원생들은 3월 입학 전에 연구실 적응을 위하여 1월 첫째 주부터 연구실에 출근하므로 연구실 생활을 시작하는 1월 첫째 토요일, 대학생들은 입학 후 한 달 정도 적응을 거친 후 4월 첫째 토요일에 하루 정도 소요되는 워크숍 일정을 잡도록 한다.

## 에세이 작성

　신입생 일일 워크숍 후 학생들은 앞으로 자신의 진로와 인생에 관한 에세이를 작성하며 미래의 비전과 목표를 세워볼 수 있다. 이는 이번 한

번만으로 그치는 것이 아니라 매 학기 업데이트해 실제적인 부분을 보완하면서 완성도와 성숙도를 높인다. 자신이 원하는 미래의 모습을 막연히 그려보는 것과 구체적인 계획을 세워보는 것, 그리고 그것을 문장으로 작성해 보는 것에는 큰 차이가 있다.

하버드 대학에서는 신입생들이 입학했을 때 자신의 인생 목표를 글로 기록하는 에세이를 작성하도록 하였다. 수십 년 뒤 연구 결과, 졸업생들 가운데서 학창 시절에 이 에세이를 작성한 3%의 학생이 나머지 97%의 학생보다 목표 달성에 성공한 경우가 훨씬 많았을 뿐만 아니라 소득도 더 높은 것으로 조사되었다고 한다.

실제로 세계적인 탐험가 존 고다드는 열다섯 살에 자신만의 '꿈의 목록' 127개를 적었다고 한다. 그 목록에는 플루트 배우기, 셰익스피어의 작품 읽기와 같은 비교적 작은 꿈부터 달나라 여행, 에베레스트 등정, 비행기 조종법 배우기와 같이 쉽지 않은 꿈들까지 구체적이지만 아무런 제한 없는 목표들이 자유롭게 적혀 있었다고 한다. 40년 후 예순이 된 그는 127개 목표 중 106개를 이룬 '꿈을 이룬 사나이'로 '라이프'지에 소개되었고, 그 후에도 남은 목표를 이루기 위해 노력하고 있다고 한다.

이렇게 자신이 미래에 이루고 싶은 모습에 대해 성찰해 보고, 그것을 글로 기록해 보는 것은 인생에서 큰 성과를 얻을 수 있게 도와준다. 글로 작성된 목표를 항상 눈앞에 두고 점검함으로써 좀 더 뚜렷하고 상세한 목표를 갖게 되고, 계획에 따라 실천함으로써 목표를 달성할 수 있도록 이끌어 주기 때문이다.

따라서 학생들은 처음엔 막연하고 쑥스러울지라도 단기적인 목표부터 시작하여 장기적, 나아가 인생의 궁극적인 목표를 구체적으로 세워보기 위해 무엇을 이루고 싶은지, 그리고 무엇을 추구하며 살고 싶은지에 대한 청사진이 담긴 에세이를 작성해 보고, 멘토와 지도교수의 상담을 받도록 한다. 이런 과정은 자연스럽게 자기소개서로 이어질 수 있다.

## 학기 및 방학 계획 공유

매 학기가 시작할 때와 끝날 무렵에는 대학생과 대학원생, 지도교수가 모두 모여 지난 학기 및 방학을 어떻게 보냈는지, 그리고 곧 시작될 학기 및 방학을 어떻게 보낼 예정인지에 대한 계획을 공유하는 시간을 가진다. 피자 등 간단한 식사와 함께 3월, 6월, 9월, 12월의 정해진 시간에 모임을 한다. 계획하지 않으면 시간을 낭비하기 쉽기에, 이 모임을 통해 스스로 점검하는 시간을 가진다.

학생들은 총 네 번의 모임에서 단기적인 계획과 목표들, 예를 들어 학점 평점(GPA) 관리와 논문 작성, 이력서와 추천서 등을 점검하고 지도교수와 동료로부터 조언을 구할 수 있다. 매 학기 초의 모임에서는 과목 수강을 포함한 이번 학기 계획과 지난 방학 때 어떠한 연구 또는 기타 경험을 쌓았는지 이야기해 보고, 학기가 끝날 무렵의 모임에서는 수업과 논문 연구, 교수들과의 친분 쌓기 등 한 학기를 어떻게 보냈는지, 그리고 다가오는 방학 계획을 이야기해 보는 시간을 가진다.

나아가 이러한 계획과 목표를 지속적(持續的)으로 점검할 수 있도록 체크리스트를 작성하고 관리해 학생들이 설정한 목표를 꾸준히 실천할 수 있도록 돕는다.

## 멘토십 프로그램

멘토링이란 경험과 지식이 많은 사람과 경험이나 지식이 적은 사람을 의도적으로 짝지어 지도와 조언을 통하여 특정 역량과 잠재력을 키우고 개발하는 활동을 말한다. 멘토링은 동서양을 막론하고 기원전부터 앞 세대가 다음 세대에게 지식과 기술을 전수하는 데 사용된 자연스러운 지혜의 다리이다. 이 프로그램은 하버드대학에서 대학원생-학부생 사이의 멘토-멘티 프로그램에서 아이디어를 얻어 실행하였다.

연구실에서는 저자의 지도학생인 대학원생과 대학생을 각각 멘토와 멘티로 연결하여 후배가 선배로부터 진로, 학교생활, 학업 등과 관련한 상담과 조언을 얻고, 자연스러운 인간관계 활동을 통해 인품과 역량을 개발시킬 수 있도록 한다.

실제로 지도교수가 학부생들을 자주 만나기는 힘들어서 대학원생을 멘토로 지정하면 이를 보완할 수 있고, 세대 차도 적어 좋은 효과를 기대할 수 있다. 또한 지금까지 피교육자의 위치에만 있었던 대학원생들에게도 지도와 가르침을 전수해 주는 교육자의 역할을 경험하는 기회를 줌으로써 앞으로 사회에 나가 후배나 제자를 교육할 때 필요한 역량을 개발해 나갈 수 있는 등 멘티와 멘토 모두가 상호 발전하는 관계를 형성하기를 기대한다.

멘티와 멘토 사이의 교류는 자유롭게 이루어지나 매달 최소한 한 번의 만남, 그리고 시험 기간에는 멘토에게 자신의 대학 생활을 생각해서 반드시 만나서 시험을 잘 치르도록 격려해 줄 것을 권장한다. 멘토에 참가하는 대학원생에게는 학기 중 월 일정 금액을 활동비로 지급한다.

## 독서토론과 영화 감상 토론

우리는 책, 영화와 같은 문화생활을 즐기며 재미와 교양을 얻을 수 있을 뿐만 아니라 간접 경험을 통하여 지혜롭고 행복한 인생에 대한 조언을 얻을 수 있다. 또한 독서와 영화 감상은 함께 즐기는 사람들과 친밀감 및 유대감을 형성하고 개인과 조직의 정체성과 비전에 대해서도 생각해 볼 수 있는 일석이조(一石二鳥)의 기회이다.

따라서 연구실에서는 한 달에 한 번씩 구성원들이 독서와 영화 감상에 관한 토론을 번갈아 가며 진행한다. 매월 마지막 월요일 피자 등 간단한 식사와 함께 홀수 달에는 영화를 보고, 짝수 달에는 책을 읽고 토론한다. 그에 대한 느낌을 허심탄회하게 이야기하는 토론 시간을 통해 함께 대화하고 인생에 관해 생각해 보는 시간을 가지도록 한다. 이 활동은 강제 조항은 아니지만, 이런 기회가 아니면 사실 교수와 학생 사이에 인생에 관해 이야기할 기회가 얼마나 많겠는가?

미국의 주요 대학들은 미국의 미래 지도자들을 교육하기 위하여 필독서 목록을 가지고 있다. 특히 시카고대학교의 필독서는 유명하다. 이 필독서 목록에서 우리 인생에 있어서 누구나 알아야 하는 가정, 결혼, 인간관계, 리더십, 비전, 도전정신, 역사의식, 문화 등을 포함하고 있다.

사실 우리가 결혼이 인생에서 가장 중요하고 인간관계가 중요하다고 생각하지만, 이에 관한 책은 거의 읽어 보지 못하는 것이 현실이다. 전공과목 책은 수백 권씩 읽으면서 이보다 더 중요한 인생의 본질에 대해서는 노력이 부족하다. 이런 책들을 통하여 인생의 원리원칙들을 배워 나가지 않으면 현실 생활에서 엄청난 대가를 치를 가능성이 매우 높다.

독서는 단지 좋은 인생을 넘어서서 위대한 인생을 살 수 있도록 선배님들의 지혜를 배우는 과정이다.

저자는 개인적으로 이러한 인문학적 지식이 부족해 결혼생활과 직장생활에서 큰 대가를 치른 경험이 있다. 이를 강조하기 위해 저자가 읽은 책들에서 배운 몇몇 지혜들을 아래에 소개한다.

• 가정

코카콜라 회장이 취임 연설 때 다음과 같은 이야기를 했다.

"인생은 다섯 가지 공을 가지고 살아간다. 그것은 가정, 직업, 돈, 취미, 건강이다. 이 중 네 가지 공은 고무 공인데 한 가지 공은 유리공이다. 유리공은 가정이다. 고무 공은 실수로 놓쳐도 다시 튀어 오르지만, 유리공은 놓치면 깨어지고 만다. 여러분이 왜 코카콜라라는 회사에서 일하고 있는지 잘 생각해 보길 바란다."

회장은 코카콜라를 위해 일하라, 또는 코카콜라의 비전에 대해서 언급하지 않았다고 한다. 하지만 그 회장의 재임 기간에 코카콜라는 주가의 시가 총액이 10배 이상 증가했다고 한다. 그는 사람을 어떻게 감동시키고, 동기를 주는지 알고 있는 위대한 사람으로 평가받는다.

• 인간관계

LG전자에서 센터장이 해임되자 사람들은 동정하기도 하지만, 자업자득이라고 말했다. 이유는 5년 전에 본인이 이전 센터장에게 똑같은 일을 했기 때문이다. 센터장 자리가 탐나고 자신이 하면 더 잘할 수 있겠다는 생각이 들었을 때, 센터장이나 윗사람들에게는 솔직하게 이야기하기가 쉽지 않다. 그래서 후배들이나 신입사원들에게 "우리 센터장 큰일이다. 시대가 바뀌는데… 우리 센터는 평가도 제대로 못 받고…" 등등 부정적인 이야기를 그럴듯하게 전달했다.

시간이 지나서 소문은 윗사람에게 들리고 센터장은 해임되었다. 그리고 자신이 센터장이 되어 준비된 것을 열심히 한다. 한 2~3년이 지나면 피곤하기도 하고 쉬고 싶은데 시간은 쉬지 않는다. 선배를 어떻게 해임하는 것인지 전수(傳受)한 후배들은 또 그 선배를 해임하는 일을 한다. 이렇듯 사회생활에서 인간관계는 매우 중요한 역할을 맡고 있다.

하지만 지금까지 인간관계에 문제가 없었던 학생들은 인간관계를 너무 쉽게 생각하고 신입사원이 되어 순진한 양같이 선배 이리에게 당하고 만다. 이권이 관련된 첨예한 인간관계를 거의 해 본 경험이 없고 책을 통하여 얻은 지식도 없기 때문이다.

일생일대의 기회를 택할 것인가, 아니면 사람을 택할 것인가? 둘 다 택하지 못하는 선택의 순간에서 무엇을 선택할까? 정말 힘들겠지만, 항상 사람을 택하는 것이 지혜라고 선배들은 책을 통해 이야기한다.

• 리더십

리더십은 영향력이다. 저자는 처음 리더십 책을 읽으면서 이 문장이 충격적으로 다가왔다. 영향력은 사람을 바꾸는 것이다. 이런 관점에서 리더십의 50%는 Self-Leadership, 즉 자신에게 영향력을 발휘해서 자신을 바꾸는 것이다.

윗사람에게 영향력을 미치는 것이 전체 리더십의 25%, 동료에게 영향력을 미치는 것이 전체 리더십의 20%를 차지하는 반면, 우리가 기본적으로 리더십을 생각할 때 떠올리는 부하직원에게 영향력을 미치는 것은 전체 리더십의 5%에 불과하다고 한다.

• 독립

저자가 학회 참여 중 폴란드 아우슈비츠를 방문하고 큰 충격을 받았다. 그 이후 관련된 영화 〈쉰들러 리스트〉, 마르틴 부버의 책 『나와 너』, 영화 〈인생은 아름다워〉 순으로 3개월 연속 토론을 했다.

세계적으로 위대한 철학자와 예술가를 배출한 독일 민족이 어떻게 히틀러와 같은 지도자를 선출하여 유대인 600만 명을 학살할 수 있었을까? 인간은 자유를 추구하지만, 그에 따르는 책임의 무게에 짓눌릴 때

히틀러와 같은 영웅을 의지한다. 자유는 누리고 싶지만, 의사결정과 그 책임을 대신해 줄 영웅에 기대는 노예근성이 모두에게 있다는 것이다. 이것을 잘 이용하여 선동하면 히틀러 같은 지도자가 출연할 수 있다.

이를 방지하는 것은 오직 내 인생은 내 것이고 그 누구도 내 인생에 관여할 수 없다는 독립에 대한 의지라고 한다. 사랑에 기인한 '나와 너'라는 관계가 희미해지고 심판에 기인한 '나와 그것'이라는 관계가 강해질 때 공통의 적을 만들어 파당을 짓게 되고 홀로코스트와 같은 대량 학살이 가능하다는 것이다.

## 봉사활동

학생들은 봉사활동을 통해 타인을 배려하는 마음, 도덕의식과 솔선수범하는 공공 정신을 배울 수 있다.

이에 따라 연구실 차원에서 지역 아동 교육시설 또는 장애인 교육시설과 연계하여 정기적으로 봉사활동을 다녀오고, 안 쓰는 컴퓨터 지원 등을 통하여 사회에 봉사하는 기회를 만든다.

사회는 이중적이다.

가진 자와 없는 자, 배운 자와 못 배운 자, 기회가 많은 자와 적은 자가 항상 동시에 존재한다. 그래서 우리는 성장과 동시에 분배와 평등에 대해서도 늘 이야기한다. 국가에서 복지 정책을 세워 균형을 잡으려고 하지만, 늘 예산 등 한계가 있다.

사회는 정의롭고 공의가 있어야 하지만, 그러면 가진 자, 배운 자, 기회가 많은 자들은 점점 잘살게 되고 없는 자, 못 배운 자, 기회가 적은 자들은 점점 살기 힘들게 된다.

이런 사회는 건조하고 삶의 진정한 재미가 없다.

그래서 사회에는 공의와 함께 사랑이 필요하다. 가진 자, 배운 자, 기회가 많은 자들이 자신의 시간과 돈과 노력을 없는 자, 못 배운 자, 기회가 적은 자들과 공유하는 것이 사랑이다.

힘없는 할머니가 무거운 손자를 업고는 천 리 길도 가지만, 같은 무게의 돌을 업고는 한 걸음도 가지 못한다. 이것이 사랑의 힘이다. 모든 법과 규칙이 그것이 만들어진 사랑의 정신을 잃어버리면 너무나 무겁고 수고스러운 짐으로 바뀌는 것이다.

연구실 구성원들은 많은 혜택을 받는 집단이다. 우리가 이런 혜택을 다른 집단과 공유하는 것은 인생을 풍요롭게 사는 너무나 소중한 활동이다. 저자의 연구실은 〈울지마 톤즈〉라는 영화를 함께 본 일을 계기로 매월 마지막 주 일요일에 장애아동 교육기관에서 봉사활동을 지속했다.

## 기타 활동

위에 열거한 것뿐만 아니라 아래 몇 가지 활동들을 연구실에서 실시하며 장려하고 있다.

• 학기가 끝나면 성적에 대해서 꼭 학생들에게 연락한다. 잘한 경우 칭찬도 하고, 못한 경우 이유도 분석해 보면서 성적 때문에 나중에 자신이 하고 싶은 일을 할 기회를 잃어버리지 않도록 지도교수가 격려와 조언을 해준다.

• 대학생들의 연락처로 비상 연락망을 만든다. 여기에는 학부모 연락처도 포함된다. 물론 졸업생에 대해서도 데이터베이스를 만든다. 문제

가 생기면 지체하지 말고 바로 학과 직원이나 지도교수에게 연락할 것을 요구한다. 학생들은 학교로부터 보호받을 권리가 있다.

• 학생들에게 매년 한 번 이상 학교, 국가, 그리고 산업체가 지원하는 장학금 및 프로그램에 지원할 것을 권장한다. 경쟁 사회에서 평가받는 것은 유쾌한 일은 아니지만, 꼭 치러야 하는 부분이다.

자신을 표현하면서 서류를 만들어 보고 면접을 받아 보는 부분은 늘 익숙한 자신의 일부가 되어야 한다. 그리고 이런 과정을 통해 성공 체험과 실패 체험을 하게 된다. 성공하면 자신감이 생기고, 실패하면 '별것 아니네.'라는 마음과 함께 왜 실패했는지 분석하고 노력하면서 자신을 향상(向上)시킬 수 있다.

• 남학생들은 병역 문제에 대한 고민이 많다. 직접 입대해서 의무를 다할 수도 있고 박사 학위 후 병역특례 제도를 활용할 수두 있다. 이런 문제로 상담을 요청한 학생들에게 저자는 "건강한 국가관 형성이 더 근원적인 문제이고 법적 테두리 안에서 병역의 해결은 본인의 선택에 달려 있다."라고 조언한다.

# 연구실 정책, 대학생 대상

'지도교수로서 학생들에게 최소한 이 정도는 해야 하는 것은 아닌가?' 교수의 책임에 관해 생각하게 되었다. 그래서 이를 정책으로 만들었다. 아래는 대학생들과 매달 한 번 이상 소통하고 학부모들과 교류할 수 있도록 한 정책들이다.

## 지도교수 면담

전체 미팅과 개인 미팅 등을 통하여 지도교수와 정기적으로 소통하는 대학원생들과 달리 대학생들은 지도교수와 교류할 기회가 많지 않다. 따라서 매달 첫째 주에는 지도교수를 방문하여 학업과 학교생활 전반에 관한 조언을 얻고 상담하는 시간을 갖도록 하고, 직접 방문이 어려운 방학 중에는 이메일로 대체하도록 한다. 물론 이 외에도 지도교수와의 면담은 약속 후 언제든지 가능하다.

생활지도에 대해서 대학에 와서 적응하지 못하는 학생들이 가끔 있다. 처음으로 안락한 가정을 떠나 홀로서기를 하는 일이 어려운 학생들이 가족에 대한 향수병이 생겨 종종 수업에 빠지기도 한다. 여러 대학은 이를 방지하기 위하여 3~4학년 선배들이 RA(Resident Assistant)로 1~2학년 후배들의 기숙사 생활부터 강의 수강 등을 관리하는 꽤 좋은 성과를 가지는 프로그램을 사용한다.

그래도 수업을 빠져 F를 받을 수밖에 없는 상황이 생긴다. 어떤 교수들은 부모의 마음으로 F를 받지 않게 하려고 수강 포기를 조언하거나 학사경고를 방지하기 위해서 휴학을 조언하는 경우가 있다. 해피 엔딩도 있지만, 군대에 다녀와서 결국은 학사경고를 받고 대학을 떠나는 경우를 목격하기도 한다.

교수의 관점에서는 '3~4년을 허비하는 것인가? 빨리 학사경고를 받고 정신을 차리고 나머지 인생을 진지하게 살게 하는 일이 더 좋을까?' 하는 고민이 생긴다. 사실 정답은 없다. 방법의 문제보다는 학생을 위하는 마음의 중심이 더 중요하지 않을까?

## 교과목 수강

매 학기 초 수강 과목을 선택할 때는 지도교수와의 상담을 통해 학위 과정과 본인의 진로에 적합한 과목을 선택하여 수강하고, 학생의 학업 능력뿐만 아니라 성실성과 적응력을 대변하는 역할을 하는 평점(GPA) 목표를 세우고 관리에 꾸준히 신경 쓰도록 한다.

평점(GPA)에 대해 학사경고, 대학원 진학 기준 등에 대해 알려주고 미리 준비할 수 있도록 한다.

평균적으로 1학점당 일주일에 3시간을 투자하는 것으로 교과과정이 구성되어 있다. 개인적인 차이가 있으니, 자신에 맞도록 공부하는 시간과 습관을 기르는 것이 필요하다. 저자는 개인적으로 대학생 시절에 참고문헌을 많이 보지는 않았지만, 교과서는 교수의 수업 범위와 관계없이 처음부터 끝까지 읽고 모든 문제를 풀어 보았다.

그리고 학기 중에 다른 학생들과 스터디그룹을 만들어서 교수가 추천하는 책으로 스스로 공부하는 활동이 있다. 이외에도 여러 활동이 있으므로 시간 관리가 중요하다. 하지만 대학에 온 가장 중요한 목표를 잊어버리지 않도록 우선순위를 잘 정해서 생활해야 한다.

한 학생이 기말고사 후, "교수님, 이 과목에서 C학점 이하가 나오면 학사경고로 장학금을 못 받게 됩니다. 고려해 주시면 좋겠습니다."라고 요청했다.

저자는 그 학생에게 "16주간 노력으로 학점을 받는 것인데, 학생처럼 마지막에 몇 마디로 학점이 바뀐다면 과연 올바른 것인가? 학사경고와 장학금이 학생에게 이렇게 중요하면 우선순위를 높여서 열심히 했어야지?"라고 답변했다.

이것이 좋은 태도일까? 학생의 제안을 수용한다면, 미래에도 계속 이런 방식으로 문제를 해결하려고 하지 않을까? 학점은 성실성을 대변하는 것이고, 스스로 성실한 자세를 훈련하는 것이다.

저자에게 수업은 거룩한 시간이다.
'이번 시간에 무엇으로 학생들의 미래를 풍성하게 할까?'라고 늘 생각한다. 마치 성전에 들어가는 거룩한 느낌을 받기도 한다. 이번 학기 수업에만 만나는 학생들도 있으므로 수업 시간마다 직접 이름을 불러 출석을 확인한다.

저자에게 강의와 학문에 대한 새로운 시각을 준 K교수는 "나에게 배우는데 어떻게 A학점을 못 받지?"라고 종종 이야기했다. 저자는 K교수의 말에 신선한 충격을 받았고 강의에 대한 자세를 배웠다.

## 학부모 상담

  대학생 학부모들에게 학기 초인 3월과 연말인 12월에 학생을 맡고 있는 교수로서 인사 전화, 문자 또는 이메일을 드린다. 이렇게 하게 된 계기는 다른 대학과의 경쟁 때문에 대학 예비 신입생과 학부모에게 전화하는 과정에서 '이미 우리 대학생이 된 학생들보다 예비 신입생을 더 챙기는 일이 이상하다.'라는 생각이 들었기 때문이다.

  '이미 우리 대학에 입학한 학생들에게 가장 잘해주어야 한다.'라는 생각이 들었다. 우리 학생이 될 수 있을지 아직 확실하지 않은 학생들에게 잘해주는 것과 함께 이미 우리 대학생이 된 학생들에게 더 잘 해줘서 그들이 후배들에게 자연스럽게 자랑하는 것이 더 자연스럽다고 생각되었다.

  3월에는 학생을 맡고 있는 지도교수로 인사드리고, 문의하실 일이 있으면 언제든지 연락해 주시라고 말씀드린다. 12월에는 연말연시 인사와 함께 각 지도 학생들에 대한 구체적인 이야기 세 개 정도를 학부모에게 알려 드린다. 보통 수업 때 느낀 점이나 학생과의 개인 면담 때 느낀 점들을 알려 드린다.

## 기타 활동

  위에 열거한 것 이외에도 아래 몇 가지 활동들을 대학생들에게 소개한다.

  • 동아리 활동, 학과 활동, 총학생회 관련 활동들이 있다. 이런 활동들

은 주로 학기 중에 이루어지고 있다. 자신의 취미, 대학생으로서 정체성을 만들어 가고, 조직을 알아가고, 리더십을 배우는 데 중요한 활동들이다. 자신의 관심사와 시간 분배에 맞도록 자신이 선택하여 활동한다. 저자도 영화 감상 동아리와 창업 동아리 지도교수로 나름의 역할을 했다.

• 대학생 때는 자신의 영역을 넓혀가는 것이 매우 중요하다. 특히 자신의 미래로 진지하게 생각하는 분야는 간접적으로 또는 작게나마 경험해 보는 것이 중요하다. 대학원 진학을 위해 연구 참여를 하고, 취업을 위해 인턴을 해 보고, 유학을 위해 해외 교환학생, 어학연수, 해외여행 등을 해 보는 것은 너무나 당연한 노력이다. 이런 부분을 적극적으로 추천한다.

• 졸업 후 취업 또는 대학원에 진학하게 될 학생들에게 대학생 시절의 방학은 인생의 마지막 방학이라고 볼 수 있다.
특히 학기 중에는 캠퍼스 생활에 집중해야 하는 만큼 학생들은 8번에 걸쳐 주어지는 총 16개월의 방학을 외부에서 다양한 경험을 쌓을 기회로 최대한 활용하길 권유한다.
동아리나 자치단체 활동과 같은 단체활동에서부터 자원봉사단이나 국토대장정과 같은 특별활동, 학교나 기업, NGO 단체에서 주관하는 공모전과 리더십 캠프 등 각종 단기 프로그램, 기업에서의 인턴십과 배낭여행, 또는 해외 워크 캠프까지 좀 더 넓은 세상에서 다양한 분야의 견문을 쌓을 기회는 무궁무진하다.
따라서 학생들은 이러한 기회들을 적극적으로 알아보고 1년에 적어도 한 가지씩의 특별한 경험을 쌓아 방학을 알차고 현명하게 보낼 수 있도록 한다. 이 부분은 미리 계획을 하고 있지 않으면 실천하기가 힘든 부분이다. 또한 다양한 장학금 제공 기회에 지원하는 것도 추천한다.

• 연구에 참여하면서 연구실 생활을 해 보면 연구 중심 대학이 학부 중심이 아니라 대학원 중심이라는 사실을 느낄 수 있다. 물론 학부는 기초를 닦는 의미에서 매우 중요하다. 저자의 연구실은 대학생이 연구 참여를 하면 매달 일정 급여를 지급하고 있다. 가끔 연구 참여 대학생들의 연구 결과가 국제학술지에 게재될 정도로 수준이 높은 사례도 있다.

# 연구실 정책, 대학원생 대상

학생들은 연구실에서 자신들의 꿈과 미래를 위해 학업과 연구를 수행하며, 지도교수는 좋은 연구를 통하여 학생들이 꿈을 이룰 수 있도록 도와주기 위해 노력한다. 기본적으로 석사 과정은 2년 이내, 박사 과정은 4년 이내, 석박사 통합 과정은 5년 이내 과정으로 이루어진다.

이 기간에 학생들은 연구실에서 수행하는 연구 분야에 대한 이해도를 높이고, 자신의 연구 역량을 키우기 위해 열심히 학업과 연구에 임하여 정해진 기간 안에 졸업할 수 있도록 노력해야 할 것이다. 해당 기간을 초과하면 저자의 연구실에서는 학위를 주지 않는다는 점을 학생들에게 미리 다짐받는다.

교수로서는 학위 기간을 가지고 학생에게 신뢰감을 주고 불안감을 가지지 않도록 하는 것이고, 학생으로서는 게으름과 학문의 자유를 착각하지 않는 것이다. 긴 시간에 걸쳐 박사 받은 사람들에게 학위 기간을 단축할 수 있었지 않았냐고 질문하면 대부분 그렇다고 대답한다. 그렇다면 무엇인가 문제가 있다는 것이다.

학위는 일종의 운전면허증과 같다.

운전면허증이 없어도 운전을 더 잘하는 사람이 있을 수 있지만, 국가는 이들에게 운전을 허용하지 않는다. 위험하기 때문이다. 비용이 많이 드는 연구도 자격이 없는 사람이 하면 사회적 비용과 위험이 커지기 때문에 연구를 위한 일종의 자격에 해당하는 것이 박사 학위이다. 이를 위해 너무 많은 시간을 낭비할 필요는 없다. 스스로 독립적으로 연구할 수 있다면 졸업해도 된다.

학위 후에는 높은 연봉과 재미있는 일들이 기다리고 있으니, 시간을 낭비할 필요가 없다. 저자의 연구실 정책은 기본적으로 학위 할 수 있는 실력을 충분히 기르면서 이러한 낭비적인 부분을 제거하는 것이다.

## 학업과 연구 관련

학생들은 졸업과 관련한 모든 과정을 스스로 주도해야 한다.

졸업 요건을 위한 과목은 언제 수강 완료할 것인지, 박사 자격시험 및 논문계획서 제출은 언제 할 것인지, 논문 심사위원은 언제 구성할 것인지, 논문심사는 언제 할 것인지 등을 지도교수와 상의해 스스로 계획하고 실행해야 한다. 그리고 매주 규칙적으로 연구 관련 논문을 1편 이상씩 읽어 실력을 만들어 나가야 한다. 이를 위하여 아래 사항들을 제안한다.

### [기본 사항]
• 학위 논문 주제 선정 및 전문가 네트워크 구성

정해진 기간 내에 학위를 마칠 수 있도록, 논문 주제를 입학 첫 달에 제공한다. 이를 위해 학생이 졸업 후 생각하는 교수, 연구원, 기업, 창업 등을 기반으로 실험, 이론 등의 주제를 논의해서 선정한다.

연구는 새로운 지식을 창출하기에, 지도교수 혼자 지도하는 데는 한계가 있다. 학생이 자신의 학위논문 주제를 폭넓게 연구할 수 있도록 지도교수는 5명 내외의 국내외 전문가들을 네트워크로 만들어 준다. 이들은 자연스럽게 학위논문 심사위원이 될 수 있고 학생들의 미래를 위해 추천서를 지원해 줄 수 있다.

• 연구실 교과과정

연구실 학생들이 빠르게 연구에 참여하고 토론할 수 있도록 연구실 교과과정을 운영한다. 여기에는 지도교수, 실험실 선배들, 그리고 본인이 각자 맡은 역할이 있다. 기본적인 연구실 관련 전문 지식, 실험 기자재 사용법, 소프트웨어 사용법 등을 포함하고 있는데, 6개월 이내에 습득하도록 한다.

**[미팅들]**

• 주초 미팅

매주 월요일 오전에는 구성원들의 주간 일정 및 계획을 간단하게 공유하는 미팅을 하고 이를 바탕으로 한 주간 일정표를 작성, 공유하도록 한다.

• 개인 미팅

연구실 구성원들과의 원활한 소통과 정보 공유를 위해 지도교수와 학생의 개인별 미팅 및 전체 랩 미팅을 각각 일주일에 한 번씩 시행한다. 연구에서 가장 중요한 부분은 매주 30분 정도 가지는 교수와의 개인 미팅이다.

이때 학생들은 구체적인 연구 과정과 결과를 자료로 만들어와서 지도교수와 연구 내용을 상의한다. 이를 위하여 학생들은 일을 작은 단위로 나누어서 1~2주 안에 가시적인 결과가 나오도록 자기의 일을 계획, 실행, 피드백하는 연습을 한다.

이는 일을 효율적으로 하는 방법을 배우는 과정인데, 모든 요인을 다 고려해서 문제를 전체적으로 푸는 것보다 한 번에 하나씩 고려하여 순차적으로 푸는 것이 시간과 노력이 훨씬 적게 든다. 그리고 중간에 문제가 생기더라도 중간 결과를 가지고 평가를 받을 수 있고, 하나의 효과로 결과가 크게 차이가 난다면 논문을 쓰고, 단위 기술별로 다시 사용하는 등 부수적인 열매들도 있다.

이런 방식은 왜 학문이 먼저 문제의 원인을 분리해서 해석(analysis)하고, 이후에 문제해결을 위해 지식을 합성(synthesis)하는 과정을 하는지 깨달아 가는 과정이다. 개인 미팅에서 매월 첫째 주는 학부생들과 마찬가지로 생활지도도 함께 한다.

• 랩 미팅

전체 랩 미팅은 학생의 발표 연습을 위한 것이기도 한만큼 특별한 일이 없는 한 모든 구성원이 매주 5분 정도의 영어 발표를 하도록 하고, 매주 돌아가면서 한두 명씩은 주 발표자로 지정하여 매달 한 번은 20여 분 동안 좀 더 심도 있는 발표를 갖도록 한다.

현새 새로 발표되는 지식의 90%가 영어로 작성되기 때문에 영어 발표 능력은 연구자의 핵심 역량이다.

랩 미팅을 통하여 매년 50번의 영어 발표를 연습한다. 이때 지도교수는 개인 미팅으로 내용을 다 숙지하고 있으므로 참석하지 않는다. 지도교수가 없을 때는 고년차 대학원생들이 저년차를 멘토링하며 연구실의 건강한 위계 형성에 이바지하게 된다.

• 학기말 고사 후 랩 미팅

학기말 시험 후 랩 미팅은 지도교수도 참석하여, 한 학기 동안의 경험들과 향후 학위과정 계획을 공유하는 시간을 갖는다. 고년차부터 저년차 순으로 간단하게 발표하고 학위 후 취업 계획도 공유한다. 연구실 생활에 대해 다양한 경험 및 미래에 관한 생각들을 서로 나누면서 이해도를 높이고 서로의 미래를 응원하고 도와줄 수도 있다. 매년 20%씩 성장하여 5년 안에 박사 학위를 한다는 것이 결단코 쉽지 않다는 사실이 저년차 대학원생들에 전달되어 열심을 독려하는 효과도 있다.

또한 저자의 실험실은 박사후과정이 없다. 그러므로 졸업과 동시에 연구실을 떠나야 한다. 5년간 충분히 연구실을 경험했기 때문에 연구실에서 더 배울 것이 없다는 교육적인 측면에서 만든 정책이다.

정 안 되면 옆 실험실에서 박사후과정을 하면 새로운 것을 배울 수 있다는 취지이다. 그래서 학생들은 졸업 1~2년 전부터 진로를 알아보아야 하므로 이런 부분에서 고년차 대학원생들의 고민이 저년차 대학원생들에게 전달되기도 한다.


## [과목 수강]

매 학기 초 수강 과목을 선택할 때는 지도교수와의 상담을 통해 학위과정과 관련 연구에 적합한 과목을 선택하여 수강하고, 학생의 학업능력뿐만 아니라 성실성과 적응력을 대변하는 역할을 하는 평점(GPA) 목표를 세우고 학점 관리를 꾸준히 하도록 한다. 학생들에게 학사경고, 박사 진학 기준, 연구실에서의 기준 등을 알려준다.

저자의 연구실에서는 학사경고가 연구실을 떠나는 것이고, B0 이상의 최저 기준을 제시하였다. 향후 학생 자신이 강사가 될 가능성이 있으므로 강의 조교 경험을 하면서 강의계획서를 써 보는 것도 좋은 경험이 될 수 있다.


## [학위논문 심사]

학위논문은 학위과정의 필수 요건인 연구의 결과를 반영하며, 특히 박사 학위 논문의 경우 해당 분야의 연구시장으로 진입하는 첫 관문인 만큼 높은 수준의 논문을 작성하여 저명한 심사위원들로부터 심사를 받는 것이 중요하다.

따라서 박사 학위 논문의 심사 시에는 세계적 수준의 식견과 안목을 가진 심사위원으로부터 지도받을 수 있도록 지도교수의 도움 아래 최소한 해당 연구 분야의 해외 전문가 한 명을 심사위원단에 포함(包含)시킨다. 해외 전문가의 연구실에 박사 학위 기간 중 6개월을 교환학생으로 방문할 수 있도록 한다.

### [연구 과제 수행 및 행정 경험]

• 학생들은 본인이 담당하는 연구 과제에 관해 전체 연구 일정, 보고 시기, 예산 등을 지도교수와 논의하면서 주도해 가야 한다. 국가 과제를 통하여 미래 먹거리에 대한 감각을 익히고, 산업체 과제를 통하여 현실적인 문제를 접해보는 것도 학생들에게 큰 도움이 된다. 연구비를 제공하는 다양한 정부 기관과 산업체들을 접하고 연구의 안정성을 위한 과기부, 산업부, 국방부 등의 정부 과제 및 포스코, 삼성, 현대 등의 산업체 과제로 분산된 연구과제 포트폴리오도 이해하게 된다.

• 향후 학생들은 연구 수행 능력에서 연구 과제 수주 능력을 키워야 하므로 행정 경험도 중요하다고 하겠다. 행정을 전문으로 하는 인력을 채용해서 연구 과제 관리를 할 수도 있지만, 대학원생들이 훨씬 더 유능하고 과제별로 나누어서 대학원생들이 관리하면, 연구실 예산이 투명해지고 대학원생들이 연구실 예산에 대한 이해가 높아진다. 지도교수의 과제 수주에 대한 부담과 노력, 산업체 과제의 연구실 예산 관점에서의 중요성 등에 대해 깊은 이해가 생긴다.

## [학술지 논문과 학술대회 발표]

1년차를 제외하고 모든 학생은 매년 국제학술지에 1편을 게재하고 국제학술대회에 1편을 발표하는 것을 원칙으로 한다. 대학과 학과의 박사학위를 위하여 국제학술지 논문 게재 편수 기준을 알려준다.

첫 번째 학술지 논문을 언제 발표하는지에 따라 졸업 시기 및 학위과정 동안의 발표 논문 수가 정해진다고 할 수 있다. 좋은 논문을 작성하기보다는 논문을 많이 쓰다 보면 어떤 학술지가 좋은지, 어떻게 써야 하는지, 좋은 논문은 어떤 것인지를 알게 된다. 학생들은 스스로 국제학술지에 게재하는 의미, 국제학술지의 수준을 나타내는 Impact Factor 및 Citation의 의미, 그리고 개인의 학술지 출판 수준을 나타내는 h-Factor의 의미를 파악하고, 학술대회에 참석하는 의미, 발표 준비, 그리고 학회 에티켓을 숙지하여야 한다.

학술대회 참여시 연구 관련 새로운 아이디어 1개와 비즈니스 카드 5개를 받도록 목표를 정하고 학술대회 후 마무리 미팅에서 간단하게 소감을 발표한다.

## [해외 교환학생과 외국 생활 경험 및 외부 활동]

• 학생들은 학위과정 중에 최소한 한 번 해외 경험을 포함, 연구실 밖의 여러 기관에서 인턴 및 연구 경험을 쌓도록 한다. 국내에서 학위를 하므로 모든 박사 과정 또는 통합 과정 학생들은 6개월 해외 교환학생을 지도교수가 지원한다. 주로 박사 3년차, 통합 4년차 때 해외 교환학생 경험을 한다.

해외 출장이 아니라 6개월 이상 외국에 거주하는 경험은 자신이 익숙한 문화의 틀을 깨고 글로벌 인재로 발돋움할 좋은 기회이다. 이때 자신이 맡고 있던 연구 과제는 후배의 지원을 받아야 하므로 선후배 관계가 해외 교환학생 제도로 강화된다. 아무리 뛰어난 학생이라도 후배의 도움 없이 졸업하기 어렵다. 이를 통해 후배가 실험실에 잘 적응하고 함께 논문을 쓰는 환경이 만들어진다.

• 이 외에도 방학이나 과목 수강이 끝난 학기를 이용하여 본인의 주도적인 계획 아래 정부출연연구소 등에서 연구 경험을 쌓아 봄으로써 다양한 연구기관에서 어떤 연구를 수행하는지 직접 체험해 보고, 졸업 후 자신에게 맞는 진로 계획을 세워보도록 한다.

또한 1년에 최소한 한 번 이상 학교나 기업, 정부에서 주최하는 각종 학생 리더십 프로그램이나 교육 프로그램, 학생 포럼 등에도 적극적으로 참여하여 여러 배경의 사람들과 교류하고 다양한 분야의 안목을 쌓을 기회를 가질 것을 장려한다. 각종 경력과 특별활동 등의 경험이 추가될 때마다 이력서를 수시로 업데이트하는 것 또한 필수적이다. 다양한 장학금 제공 기회에 지원하는 것도 추천한다.

### [포트폴리오 작성]

학생들은 졸업 후 일하고 싶은 기업의 연구소나 정부출연연구소 등을 하나 이상 선택하여 해당 연구소에 대한 정보를 수집, 분석하고 현재 본인이 수행하고 있는 연구와 연결하여 기록하는 포트폴리오를 틈틈이 작성하도록 한다.

이러한 과정에서 지원하는 곳의 산업 분야와 관련, 주요 연구 분야에 대한 이해를 높일 수 있고, 자신의 역량이 어느 정도 발휘될 수 있는지를 고려하여 장기적인 연구계획을 세워볼 수 있다. 또한 지원하는 연구소의 핵심기술과 신규 사업 분야, 최신 기술 동향 등을 파악하여 학위 기간 중의 목표를 뚜렷이 설정할 수 있으며, 채용 프로세스 분석을 통하여 취업에 대비한 좀 더 탄탄한 계획을 세워볼 수 있다.

이렇게 준비해 둔 포트폴리오는 학회나 세미나 등에 참석했을 때 해당 연구소에 재직하고 있는 사람들에게 보여줌으로써 좋은 인상을 심어주고 필요할 때 도움을 받을 수도 있다.

학계 쪽으로 진출하려는 학생들의 경우에는 지금까지 수행해 온 과목 수강, 강의 조교, 연구 과정을 바탕으로 강의계획서와 연구계획서 등을 작성해 봄으로써 미래에 대한 계획을 세워보고, 해당 분야의 교수들과 네트워킹 할 수 있다.

이러한 준비가 잘 되어 있을 때, 지도교수 역시 학생들의 진로를 위하여 무엇을 어떻게 도와주어야 할지 좀 더 정확한 판단이 가능하다.

## 연구실 생활 관련

연구실도 사람들의 공동체이므로 의문이나 불확실한 부분이 있을 수 있다. 이러한 의문들을 가급적이면 제거하고 대화가 자유롭게 일어나도록 해야 한다. 리더의 생각과 행동을 예측 가능하게 하고, 자신이 인정받고 있고, 저평가(저임금)를 받지 않는다는 믿음을 가지게 하여 심리적으로 안정되게 하면 주어진 시간을 학업과 연구에 집중하여 훌륭한 성과가 나올 수 있도록 뒷받침하게 된다.

### [업무환경]
• 연구실에서의 근무 시간은 대학의 근무 시간과 같이 평일 오전 9시 ~오후 6시로 점심시간을 제외한 하루 8시간 근무를 원칙으로 하고, 특별한 일이 없는 한 자리를 지키도록 하되 개개인의 시간 관리는 자율적으로 한다.

저자는 밤샘하며 공부하는 스타일의 학생들이 효율적으로 일한 것을 본 적이 없다. 다른 직장과 같이 정상적으로 생활하는 것이 가장 효율적이고 건강하다고 믿는다. 저녁과 주말은 학생 개인 자유 시간으로 꼭 연구실에 나올 필요는 없다.

학생들은 대부분 저녁과 주말에도 연구실에 나온다. 왜냐하면 정해진 기간 안에 학위를 하는 것이 쉽지 않고 건강한 압력을 주기 때문이다. 하지만 지도교수 눈치를 보고 나오고 말고 하는 것이 아니다.

• 학기 중에는 20시간은 공부에, 20시간은 연구 활동에 할애하도록 한다. 방학 기간에는 40시간 전체를 연구에 사용한다.

• 또한 구성원들의 건강과 안전을 위해 연구실과 실험실에서는 대학의 규정에 따라 금연, 음식물 반입 금지 등을 할 수 있으며, 실험실 입실 때는 적절한 신발과 가운, 보호안경을 착용하도록 한다.

• 1년 중 여름방학과 겨울방학 동안 각 1주간의 개인 휴가를 쓸 수 있다.

## [급여]

• 연구실에서의 금전적인 보상은 학업과 연구의 직접적인 동기가 되지는 않지만, 일의 대가로서 학업과 연구를 수행하는 데에 있어 적지 않은 비중을 차지한다. 학기 중의 급여는 학교에서 제시하는 기본급 이상으로 다른 연구실에 비해 적지 않게 지급한다. 교수도 연구과제 수주에 최선을 다함으로써 학생들에게 약속한 급여를 제공해야 한다. 이는 학생들의 열심을 독려하는 힘이 된다.

• 연차가 올라갈수록 매년 일정 금액이 인상되는 것을 기본으로 한다. 이는 연구실 위계질서를 강화한다.

• 또한 랩장이나 프로젝트 등 추가 업무를 맡을 때는 그에 따른 추가

급여를 지급한다.

• 연구 시간이 많은 방학 때는 월 일정 금액의 급여를 추가로 지급함으로써 업무에 합당한 급여가 지급되도록 한다. 이는 미국 대학 시스템에서 배운 내용이다. 미국에서는 학기 중에는 20시간, 방학 중에는 40시간 기준으로 연구조교 임금을 지급한다.

• 결론적으로 학생들이 졸업할 때까지 받는 급여를 예상할 수 있도록 하고, 급여를 통하여 지도교수가 학생들에게 신뢰감을 주고 불안하게 하지 않는다. 학생들이 가장 곤혹스러워하는 졸업 시기와 급여에 대해 예측할 수 있도록 하는 것이 실제 연구실 정책의 기본이라 할 수 있다.

**[기타 단체활동]**

• 구성원들의 건강 관리를 돕고 건강한 연구실 환경을 만들기 위해 1주일에 한 번씩 연구실 구성원들이 함께 운동하는 시간을 갖는다.

• 또한 연구실 구성원들의 유대감 증진과 조직 활성화를 위하여 매년 MT를 한다. 이때 홈커밍(home coming) 행사를 겸하여 사회에 진출한 졸업생들과 재학생들이 교류하며 친목을 다지는 시간을 갖는다. 이러한 단체활동을 통해 함께 추억을 만들어 친밀하고 돈독한 관계를 유지하며, 더 나은 연구실을 만들기 위한 대화와 토의의 시간도 가질 수 있다.

• 또한 구성원들이 서로의 성격과 특성이 각자 다르다는 것을 올바로 이해하고 이에 맞는 적절한 관계기술(대화, 갈등 해결 등)을 배우기 위해 대학의 기관에서 제공하는 심리검사(MBTI)를 함께 받고 서로 이야기를 나누어 줄 수도 있다. 연구실을 위한 대학의 다양한 프로그램을 적절한 시기에 활용하자는 취지이다.

# PART 4

# 교육 현장에서의 경험들

" 실제 교육 현장에서 어떤 경험은 마음에 남아 내면에 질문이 생기고 고민
하게 만든 경우들이 있다. 이러한 사례들 가운데 어느 정도 결론에 도달하
여 공유하고 싶은 내용들을 아래와 같이 7개로 정리하여 보았다

# 인생 교육과 지식교육

H대학교 교수가 자신 있게 우리 대학은 인성교육을 잘한다고 자랑한다. '과연 그것이 사실일까?' 하는 의문이 들었다. 교수 채용 때 주로 연구 분야와 성과를 보고 심사를 하지, 인성이 주된 심사 요소는 아닌 것이 현실이다. 그 교수에게 되물었다.

"대학생들에게 인성교육이 가능합니까? 아니면 H대학이 인성교육을 잘한다는 이미지 때문에 학부모들이 좋은 인성을 가진 학생들을 보내는 것인가요?"

이 질문에 대한 여러분의 답은 무엇인가?

교육에는 두 가지 학습 방식이 있다.

하나는 인성교육이고 또 다른 하나는 지식교육이다. 인성교육은 농부가 봄에 씨를 뿌리고 물과 거름을 주어 가을에 수확하는 것같이 긴 시간 동안 서서히 진행되기 때문에 'Farming'이라고 부른다. 이에 반해 지식교육은 근대사회 이후 학교라는 제도를 통해서 이루어지기 때문에 'Schooling'이라고 부른다.

Farming은 오랜 역사를 가졌다. 사람이 누군가로부터 감동(感動)을 받고 "나도 저렇게 살고 싶다."라는 생각으로 매일 생활에 적용하면서 체득되는 내면의 변화를 일으키는 교육과정이다.

다시 말해 인격에서 인격으로 전수되는 교육으로 가정과 사회 등 실제 삶에서 이루어지는 것이다.

감동을 주는 사람을 우리는 멘토라고 부른다.

멘토는 직접적이고 자연스러운 접촉이 빈번한 부모나 친척, 학교의 교사나 선배, 직장의 상사나 동료가 될 수도 있고, 또한 대중매체나 위인전에 나오는 주인공일 수도 있다. 한 설문조사에 따르면, 가장 존경하는 사람과 가장 싫어하는 사람 두 경우 모두가 똑같이 1위에 부모, 2위에 직장 상사라는 결과를 보면, 매일 접촉하는 사람의 멘토적인 영향력이 얼마나 강한지 엿볼 수 있다.

Schooling은 살펴본 바와 같이 서양에서 근대사회가 시작되던 시기에 개인 교사를 통한 교육으로 문자와 지식을 독점하던 왕족과 귀족에 대항하여 부(富)를 축적한 신흥 상인 계층이 종교 혁명 세력과 함께 서민들을 자신의 정치적 지지 세력으로 만들기 위하여 지식의 대중화를 추구하면서 만들어지게 되었다.

초기에는 사립학교로 시작하였으나 후에 정부가 지식교육을 공공영역으로 정의함에 따라 공립학교가 증가하기 시작했다. 교과과정에 따라 수업하고 시험 등의 자격심사를 통해 학점과 학위를 부여하여 사회에 필요한 지식을 습득한 후 좋은 직업을 가질 수 있도록 하는 것이 Schooling의 궁극적인 목적이다.

인성, 봉사 정신, 신앙심, 열정, 비전, 리더십 등은 인격과 인격의 만남을 통하여 자발적으로 이루어지는 Farming에 의하여 형성되는 반면, 최고의 지식교육을 통하여 고소득의 직업을 얻을 수 있게 하는 것은 Schooling에 의해서 이루어진다.

이 두 과정은 서로 다른 것으로 Farming은 좋은 사례들을 발굴하여 기리고 전파하는 문화적인 접근으로 만들어 가야 하고, Schooling은 지식을 가지고 있는 교사와 선배들에 의해 좋은 교과과정을 통하여 전수하는 시스템, 즉 제도화해야 하는 것이다.

인문학지식과 전문지식은 Schooling으로부터 가능한 것이며, 이 지식들이 Farming을 통해 인성과 지성으로 체화된다고 해석할 수도 있다.

우리나라는 현재 Farming으로 이루어지는 교육을 교과과정으로 만들어 Schooling의 형태로 교육하려고 시도하고 있다. 물론 학교도 건강한 문화를 가지고 Farming의 교육을 지향하고 이러한 건강하고 강인한 문화를 가지도록 노력해야 한다. 인성교육 과정을 만들고 담당 교사를 지정해서 국가가 인증을 하거나 일정한 봉사 시간에 대해 학생들에게 학점을 주고 봉사 정신을 함양하겠다고 시도하는 학교들이 있다.

이렇게 한다고 바람직한 인성과 봉사 정신이 함양될 수 있을까? 역사는 그렇지 않다고 대답한다. 국가가 불신앙에 대해 세금을 책정하면 진정한 신앙심이 생기는 대신 국민 전체가 연극 배우가 된다는 것을 우리는 역사를 통해 배울 수 있다.

오히려 Farming으로 형성되어야 하는 부분을 Schooling의 교과과정에 넣으면 최고의 지식을 전수해야 하는 학교 본연의 교육 목적이 훼손된다. 학생들은 어려운 지식이 필요한 Schooling 과목보다 시간만 투자하면 되는 Farming 과목을 선호하게 된다. 결과적으로 학생들을 손쉬운 방식으로 유도하여 경쟁력을 저해하게 된다.

이러한 현상은 가정에서 해야 하는 교육과 국가와 사회에서 해야 하는 교육을 간과하고 학교로 너무 많이 떠넘기고 책임을 회피하려는 경향으로 이해된다.

지식교육은 학교에서 가능하지만, 각 가정 고유의 정신은 가정에서 교육이 진행되어야 한다. 인성교육이 꼭 가정에서만 이루어져야 한다고 생각하는 것은 좁은 생각일 수 있다. 우리 사회 자체가 더 큰 규모의 가정이라는 교육장으로 생각해서 각 사회 구성원이 일상생활을 통해 멘토로서 각자 역할을 충분히 해주면, 부족한 가정교육을 충족시킬 수 있다. 어른들의 이기주의와 분주함으로 인한 무책임과 무관심이 우리 사회가 가지는 교육적인 문제가 아닐까?

# 어떤 행복을 추구하는가?

"무엇을 위해 공부하는가?"

이런 본질의 중요성에 대한 K대학의 사례가 있다. 몇몇 학생들이 중간고사 기간에 시험을 잘 치르기 위해 다른 과목 수업에 결석하고 공부했는데, 결석으로 인한 불이익을 받지 않기 위해 가짜 진단서를 제출했다고 한다. 이 사실이 드러나서 교수들이 징계를 내리려고 하는데 학부모로부터 "고등학교 때는 진단서가 되는데 왜 대학에서는 안 되느냐?"라는 항의 전화가 왔다고 한다.

'학생들이 이러한 방법을 어떻게 배운 것일까? 목적과 수단이 뒤바뀐 교육 현장에서 우리가 추구하는 행복은 과연 어떠한 것인가?' 하는 질문이 생긴다. 당연한 사실이지만, 명문대학을 나와도 불행한 인생이 있고 지방대학을 나와도 행복한 인생이 있다. 명문대 졸업장과 고학점이 행복을 보장해 주는 것은 아니다.

과연 교육 활동의 주체인 교수들은 행복한가?

교수들은 큰 연구비를 수주하고 좋은 연구 결과를 통한 큰 상도 받는 위대한 교수를 꿈꾸는가, 아니면 어떻게든 학생들을 위하여 교육과 연구를 수행하여 존경받는 교수를 꿈꾸는가?

자신의 꿈을 위하여 학생들을 이용하는가 아니면 학생들 자체를 목적으로 하는 교육자가 되기를 원하는가?

아쉽게도 현실은 존경받는 교수보다는 자기 자신을 위한 교수들이 더 많은 것 같다. 대학의 본연의 가치인 교육의 본질에서 벗어나면 행복한 삶에서도 멀어지는 것이다. 이와 관련된 사례들을 나누고 싶다.

• 엘리트 교육에만 관심이 있던 저자에게 새로운 생각을 갖게 한 지방 B대학의 교수가 들려준 이야기가 있다.

"B대학 공과대학 공업 수학 과목에서 성적이 제일 좋은 학생을 일본인 친구 교수의 도움으로 일본 G대학에 교환학생으로 보낸다. 학생에게 인생의 좋은 전환점이니 꼭 박사 과정으로 진학할 수 있도록 하라고 당부한다. 학생이 박사 학위를 받고 일본의 반도체 회사에 입사한 후 경력 사원으로 삼성전자에 입사한다."

이 교수는 자신이 B대학 학생이 삼성전자에 입사할 수 있는 길을 만들었다는 사실에 자부심을 가지고 있다. 또한 이 교수는 교육부에 가서 B대학 학생들에게도 해외연수 프로그램을 만들어 주고 싶다고 일본 K지역 전문가의 아이디어를 설명했다.

젊은 사무관에게 제안서에 대한 호된 질타를 받고 술 한잔하면서 "내가 왜 이런 푸대접을 받지? 학생들을 위한 것 아닌가?"라고 생각한 후에 다시 수정해서 그 사무관을 또 찾아갔다. 세 번을 더 찾아간 후 예산을 확보하여 학생들을 일본 K지역에 연수를 보낼 수 있었다.

저자는 이 이야기를 듣는 중 부끄러움을 느꼈다. 모든 대학의 학생들은 행복하게 공부할 권리가 있다.

• 미국 코네티컷 대학교 여자농구 감독의 이야기를 나누고 싶다. 코네티컷 대학교 여자농구팀은 이 감독 아래서 11번 미국 전체 우승을 차지했다. 미국 스포츠 TV인 ESPN의 기자가 이 감독에게 물었다.

"감독님은 어떻게 11번 우승하는 동안 끊임없이 동기를 만들 수 있었나요? 2~3번 정도 우승하면 동기가 사라지지 않나요?"

이 감독의 대답에 저자의 잠이 확 달아났다.

"나는 우승을 많이 했지만, 학생들은 처음이지 않습니까? 이것이 나의 가장 강력한 동기입니다."

이 감독은 진정한 교육자였다. 그렇다. 본질에 충실하면 행복과 함께 진정한 열매가 맺히는 것이다. 저자에게 강의, 연구, 면담 등 교수가 학생에게 하는 모든 활동에 있어서 학생은 처음이라는 생각으로 늘 첫 강의, 첫 연구, 첫 면담으로 대할 수 있게 하는 계기가 되었다.

• 미국 미시간대학교의 한 교수의 이야기이다. 안식년을 맞아 수업 없이 다른 지역에서 개인적으로 관심 있는 연구에 몰두할 계획이었다. 그런데 행정 직원의 실수로 수강 신청이 오픈되어 두 학생이 수강 신청을 했다. 그 교수는 수강한 학생들을 생각해 그 과목을 폐강하지 않고 1주일에 한 번씩 7시간씩 운전하여 그 과목을 가르쳤다. 두 수강생 중 한 학생이 나중에 노벨상 수상자가 되어 자신이 존경하는 교수 이야기라며 들려준 에피소드이다.

• 방학 동안 해외 대학과 연구소 탐방을 하게 된 성적이 우수한 학생들이 찾아와 상담을 요청했다. 학생들은 이번 해외 탐방의 주제가 '윤리'라면서 어떤 관점으로 해외 탐방을 준비하고 보고서를 준비해야 할 것인가에 대한 질문을 했다.

저자는 학생들에게 '사람을 위한 윤리인지, 아니면 윤리를 위한 사람인지?'라는 관점에서 살펴볼 것을 제안했다. 제사가 조상에 대한 감사를 새기는 것이 주된 목적인지, '홍동백서'와 같이 형식에 얽매일 것인지에 대해 고민해 보라는 조언이었다.

수단과 목적이 바뀐 학교의 다른 면은 교수들의 아래와 같이 강요하는 듯한 교육에서도 드러나고 있다.

'요즘 학생들은 왜 패기가 없는가?'

'학교에 조금이라도 기부금을 내라.'

'책을 읽어라.'

이런 요구에 대해서 교수들에게 되물을 수 있다.

'교수 당신은 패기가 있나요? 교수가 패기가 없는데 어떻게 학생들에게 패기를 가지도록 교육이 가능한가요?'

'교수 당신은 당신의 모교에 기부금을 내고 있나요? 자신도 하지 않는 것을 총장, 부총장, 처장이 되었다고 학생들에게 강요할 수 있나요?'

'교수 당신은 책을 읽고 있나요?'

교수들이 원하는 바람직한 분위기는 강요로 만들어지는가, 아니면 문화로 자연스럽게 형성되는가?

후배가 언젠가 자신의 아이에게 가르치는 말과 자신이 직장에서 하는 행동이 일치하지 않아서 고민이 된다고 한 적이 있다.

우리는 말과 행동이 일치하는 부끄럽지 않은 교육자가 될 용기가 필요하다. 당연하고 모두가 아는 이야기이지만, 우리의 행동이 학생들의 본보기가 되는 것이다.

# 점수를 위한 면접,
# 착한 척하는 면접-시장의 중요성

학생들과 면접 시간을 가지면서 무엇인가 비현실적이라는 의문이 생겼다. 이로부터 시작하여 '학생들이 좀 더 현실적인 생각을 할 수 있도록 어떻게 도와줄 수 있을까?' 하는 생각으로 발전하게 되었다. 고민 중에 해답으로 '시장을 알려주면 되지 않을까?' 하는 생각에까지 닿았다. 이 장에서는 여기에 관해 설명하고자 한다.

## 현실과 동떨어진 면접과 상담

아래 소개되는 내용들은 저자가 학부생과 대학원생을 대하면서 고개가 갸우뚱해지고 의문이 생겼던 경험들이다. 사실 저자도 학생 시절에 비슷했다고 느끼면서도 마음에서 일어나는 의문은 현실에서 동떨어진 것 같은 느낌에서 왔다. 대입 중심의 사회적인 분위기가 이러한 현상을 만들어 낸 것이 아닌가 하는 생각이 든다.

## 학부 입시면접

저자가 경험한 학부 입시면접을 소개하고 싶다.
"기계공학과를 왜 지원했나요?"라는 질문은 학부생 입시 면접에서 항상 하는 질문이다. 이 질문에 대해 학생들의 3분의 1 정도는 '로봇을 연구하고 싶어서'라고 하며, 도 다른 3분의 1 정도의 학생들은 '우주항공을 연구하고 싶어서'라고 대답한다.

하지만 입학 후 학생들의 행동을 살펴보면 의문이 생긴다. 로봇이나 우주항공 연구가 꿈이라고 말하지만, 실제로 그 꿈을 위해 시간과 돈, 노력을 투자하는 학생은 드물기 때문이다.

자신의 마음에 있는 진짜 꿈이 아니라는 증거가 아닐까?

합격하고 싶은 마음에 면접하는 교수가 원하는 정답을 가져와서 이야기하는 것인가, 아니면 정말 자신이 원하는 내면의 소리를 들은 것인가? 합격이 중요한가, 아니면 본인의 미래가 더 중요한가?

물론 어려운 질문이다. 하지만 우리는 자녀들의 진정한 미래를 위하여 이 질문에 직면하는 용기가 필요하다. 우리는 정답을 강요하는 사회인가? 자기소개서를 읽고 면접을 보면 성형수술로 서로 너무 유사하게 만들어진 일란성 쌍둥이들처럼 비슷하다. 학원에서 자기소개서 쓰기나 면접 준비 과목을 수강한 듯한 느낌이 든다. (이렇게 해서 점수가 깎인다는 이야기는 아니다.) 가끔 굉장히 낯선 자기소개서를 보거나 낯설게 면접을 보는 학생을 만나서 서류를 확인해 보면 시골 출신인 경우가 많았다.

## 학부 과목에서의 대화

기계공학 전공과목을 가르치면서 학생들의 마음을 읽어보기 위해 졸업 후에 어떤 계획이 있는지 매번 에세이를 쓰는 과제를 내고 있다. 학생들의 마음 상태는 한 마디로 '나는 매우 착한 학생이다.'라고 표현할 수 있다. 절반 이상의 학생이 장애인용 의료 로봇, 노인을 위한 로봇, 아픈 사람을 위한 로봇, 환경 보호를 위한 연구 등을 하고 싶어 한다. 돈 잘 벌고 성공한 사람보다는 따뜻한 사람이 되고 싶다고 한다.

학생들에게 되물어 본다.

"2,000조 원의 자동차 시장을 두고 왜 20조 원밖에 안 되는 로봇을 하려고 합니까? (이 숫자들은 수년 전 숫자이며, 회사에서 연구원으로 근무하는 로봇을 전공한 박사가 추정한 시장의 크기이고, 어떤 로봇 전공 교수는 자동차 시장도 다 로봇 시장이라고 주장하기도 한다.) 굳이 자기를 스스로 작은 시장에 가두어야 할 이유가 있나요? 착한 로봇을 만드는 회사 중에 삼성과 현대 같은 큰 기업을 알고 있습니까? 장애인 로봇을 만들어서 얼마나 팔 수 있을까요? 왜 그렇게 가치가 있는데, 삼성이 이런 착한 로봇을 만들지 않을까요? 중소기업에 취업해서 다른 친구들보다 3분의 2 정도의 연봉만 받아도 만족하나요? 지금 장애인을 위해서 봉사하고 있나요?"

이런 질문에 학생들은 당황한다. 현실에 대한 인식이 없이 만든 꿈이기 때문에 현실적인 질문에 당황하는 것이 아닌가 생각된다.

## 학부 진로상담

대학교 3~4학년을 대상으로 진로상담을 하다 보면 학생들이 기업에 가는 것이 좋은지, 대학원에 가는 것이 좋은지에 대한 질문을 한다. 이 것은 학생 스스로 정하는 것이지 상담이 필요한 영역이 아닌데 말이다. (이런 질문을 하지 말라는 의미는 아니다.)

물론 학생으로서는 미지의 세계에 대한 두려움으로 이런 질문을 하지만, 본인 스스로 판단할 수 있도록 좀 더 구체적인 질문을 준비하는 것이 어떨까? 자신이 진로를 미리 생각해서 기업에서 인턴을 하든지 연구실에서 연구에 참여해서 자신의 미래에 대한 경험을 축적하고 실제로 기업에서 인턴을 할 때 또는 연구실에서 연구 참여를 할 때 자신이 느낀 문제에 대해 질문을 하면 좋은 진로상담이 되지 않을까?

진로상담에서 대학원에 갈 때 분야를 보기보다는 사람을 보고 판단하는 것이 좋겠다는 조언을 한다. 미래 분야를 예측하기 어렵고 또 본인이 어떤 주제가 좋은 학위 주제인지 판단할 지적 능력이 없다고 인정하는 것이 맞지 않을까?

대신 내가 존경하고 따를 수 있는 인격이 뛰어난 교수인지, 열심히 연구 활동을 하는지, 실험실 분위기가 좋은지 등의 인간적인 요소들을 판단의 근거로 하면, 박사 학위를 받는다는 것은 누구에게나 어렵고 대가를 치러야 하는 과정이지만, 행복한 학위과정을 할 수 있다는 조언을 한다.

학위를 한다는 것은 결국 사람을 얻는 과정이기 때문이다. 하지만 학생들은 이런 연습을 해 보지 않았기 때문에 본인들이 익숙한 분야에 초점을 맞추어서 불행이 기다릴 수도 있는 진학을 결정하는 경우가 종종 있다.

물론 학생 개인적으로 흥미가 있는 분야가 있다. 이를 무시하라는 뜻이 아니다. 보통 마음으로, 직관적으로 먼저 결정을 하고 이유를 생각한다. 이럴 때도 위에서 언급한 인간적인 요소를 충분히 고민하고 결정하라는 조언이다. 일반적으로는 분야보다 사람 중심으로 결정하는 것이 좋은 결말로 이어진다.

## 대학원 입시면접

"왜 이 연구실을 지원했지?"
대학원 입시에서도 항상 나오는 질문이다. 지원자들은 이런저런 이야기를 하면서 지원한 연구실의 연구 분야를 연구하고 싶다고 대답한다.

그래서 저자가 학생에게 "고등학생이 기계공학과나 대학 생활에 대해서 나름대로 아는 척(물론 고등학생 입장에서는 진지한)하는 이야기하는 것을 우연히 들었다면 느낌이 어떤가?"라고 질문을 하면 학생은 "잘 알지도 못하면서 이야기하는 것이 웃기고 유치합니다."라고 대답한다.

그러면 "면접하는 학생이 지원하는 연구실에 대해서 인터넷에서 얻은 적은 지식으로 이야기할 때 이 분야에 20년 이상 연구한 교수로서 어떻게 생각할 것 같으냐?"라고 물으면 "아마도 저랑 비슷한 느낌일 것이다."라고 답한다.

(물론 면접 전에 지원한 교수님의 실험실 홈페이지를 방문하는 것은 당연하고 필요하다.)

그러면 "교수가 어떤 답을 기대하고 질문을 하였을까?"라고 다시 물으면, 조금 생각을 하고 교수님 수업을 들으면서 느꼈던 것들, 연구실 선배들을 찾아가서 느꼈던 것들을 언급하면서 왜 자신이 이 연구실을 지원하였는지 자기의 경험을 바탕으로 대답한다.

그러면 "첫 번째 답을 한 학생과 두 번째 답을 한 학생 중 다른 조건이 모두 같다고 할 때, 자네가 교수라면 누구를 뽑을 것 같은가?"라는 질문에 두 번째 학생이라고 답한다. 고등학교 3학년 때 대학 입학을 위한 면접과 대학교 4학년 때 대학원을 위한 면접에서 학생들의 대답이 유사하다는 느낌이 든다. 4년 동안 선택과 의사결정에 있어서 성숙에 대한 진전이 있었을까?

## 현실을 알려주는 시장의 중요성

학생들에게 현실의 중요성, 즉 시장의 중요성을 알려줌으로써 위의 경험에서 나오는 의문에서 벗어나 현실에 발을 디딜 수 있도록 도와주고 싶다. 최고의 지식은 시장에서 나오는 지식이라고 알려주고 싶다. 시장에 대한 아래 경험을 공유하고 싶다.

• 공과대학에서는 건설과 제조, 제조는 장치산업과 조립산업으로 분류가 되어 각각의 특성상 요구하는 인력시장이 다르다. MIT를 보면 전자공학, 전기공학, 컴퓨터공학 등 IT 관련 학과가 전체의 50%를, 기계공학, 조선공학, 원자력공학 등 기계공학 관련 학과가 25%를, 그 외 재료공학, 화학공학, 바이오공학이 25%를 차지하고 있다. 이는 인력시장을 반영하는 것이다.

IT와 기계공학은 조립산업, 다른 학과는 장치산업과 관련이 있다. 소재는 장치산업으로 만들어지는 데 반해, 조립산업에서는 하나의 소재로 다양한 부품을 요구한다. 제품마다 부품, 회로, 소프트웨어를 따로 설계해야 하므로 조립산업이 장치산업보다 더 많은 인력 수요를 창출한다.

• 졸업 후에 삼성과 다른 기업에 동시에 취직한 학생들 가운데 20% 정도 연봉이 적은 다른 기업에 가는 학생들을 저자는 거의 발견하지 못했다. 어느 기업이 좋은지 어떤 상사를 만날지 모르지만, 적어도 연봉으로 자신의 가치를 인정해 주는 회사에 가는 것이다.

사실 자신보다 능력이 낮은 동기생이 더 높은 연봉을 받는 회사에 가는 것은 심리적으로 인정하기 매우 어렵다. 이런 이유로 대학 커트라인이 중요해 보이고, 이미 일등인 서울대와 삼성전자는 다른 대학과 기업에 비해서 좋은 학생들을 유치하기 위한 노력이 매우 낮다.

• P대학교 기계공학과를 수석으로 졸업한 우수한 인력이 석사학위

후에 과학정책 분야로 박사 학위를 받고 싶어서 영국으로 유학을 계획하고 있었다. 저자는 그 학생과 함께 기술 고시에 합격하여 특허청에서 일하는 친구에게 전화해서 연봉을 알아보았다.

당시 박사 학위를 받고 5급 공무원으로 채용이 되면 연봉이 5,000만 원 정도라고 했다. 그 학생은 얼굴이 빨갛게 상기되었다. 자기보다 학점이 낮은 친구는 박사 학위를 받고 삼성에서 3년간 3억 원을 보장하는 계약을 한 사실을 알았기 때문이다.

일주일 고민 후 그 학생은 그래도 자신이 좋아하는 분야를 하겠다고 결심했고, 지금은 박사 학위를 받고 교수를 하고 있다. 하지만 학위 후 교수를 하기 위해서 지원했지만, 과학정책 분야 자체가 일자리가 많은 분야가 아니라 어려움을 겪었다고 한다. 이러한 과정을 듣고 난 후, 이 학생이 상대적으로 일자리가 많은 기계과에서 박사 학위를 받고 교수가 된 후에 과학정책을 할 수 있지 않았을까 하는 생각이 든다.


• P대학교에서 석사학위를 한 학생은 다른 분야로 박사 학위를 받고 싶다고 떠난 후 유럽 대학에서 인공지능 분야로 석사 및 박사 학위를 했다. 같은 시기에 석사학위를 받은 학생은 같은 실험실에서 (유럽으로 유학한 학생보다 5년 정도 더 빨리) 박사 학위를 받고 국가출연연구소에 취업하였다. 이 학생은 현재 국가출연연구소에서 인공지능 관련 연구를 수행하고 있다. 물론 이 학생이 박사 학위를 받을 때 인공지능 쪽으로 공부한 적은 없다. 자리를 잡은 후에 큰 어려움 없이 새로운 분야로 쉽게 진출할 수 있는 것이 현실이다.


• 2000년대 미국의 바이오와 IT 분야 인력시장 상황을 비교해 보고 싶다. 당시 미국 보스턴에 한국 국적의 생물학 박사들이 1,000명이 넘

었다고 한다. 이들은 평균적으로 10년 가까이 정식 직업이 아닌 박사후 연구원이나 연구교수로 지낸다고 한다. 'Science' 또는 'Nature'라는 최고의 학술지에 논문을 2편을 써도 자신들이 원하는 교수나 연구원 자리를 얻기 쉽지 않다고 한다.

(생명과학 교수의 의견은 한국 대학으로 들어오려는 경향이 커서 이런 현상이 발생했고, 최근에는 외국 취업이 보편화되면서 많이 해소되었다고 한다. 생명과학의 특성상 연구 시간이 오래 걸리고 어렵다. 하지만 미국을 비롯한 선진국에서 막대한 예산을 투자하는 이유는 바이오 의학 연구의 파급효과와 바이오산업의 뒷받침이 있기 때문이다. 이러한 선순환을 위한 시스템 형성이 매우 중요하다.)

반면 IT로 박사 학위를 받으면 박사후연구원 경력이 없어도 10만 불 이상의 고액 연봉으로 일자리가 넘쳐난다고 한다. 왜 그럴까? IT 박사들이 생물학 박사보다 더 똑똑해서 그런가? 인력시장의 구조 때문에 그런 것이다. 연구비를 투입하면 연구 결과가 나오지만, 더 중요한 것은 인력이 배출된다는 점이다. 그런데 이 인력을 데리고 갈 산업이 아직 충분히 발전되지 못했기 때문에 이런 현상이 일어난다.

당시 P대학에서 수석 졸업을 한 화학과 생물학과 졸업생들이 왜 동일 분야의 대학원에서 박사 학위를 받지 않고 의학전문대학원으로 진학하여 의사가 되고자 했을까?


• 미래의 예측은 매우 어렵다. 냉각장치가 필요 없는 세라믹 자동차 엔진을 개발하기 위해 엄청난 연구비가 투입되었지만, 실패로 끝났다. 개발 초기에 학위를 한 박사들은 대부분 좋은 직장을 가지게 되었지만, 연구 말기에 학위를 한 박사들은 취업하는 데 어려움에 직면했다. 이후에 이들은 눈물 젖은 빵을 먹으면서 구조 세라믹에서 배운 지식으로 기

능 세라믹 분야를 만들어서 전자재료라는 새로운 시장을 만들어 냈다. MEMS라는 기술도 생각보다는 큰 산업이 나오지 않아 이제는 제조의 요소 기술로 자리 잡으면서 이 분야 학위를 한 박사들도 세라믹 엔진과 비슷한 현상을 겪었다.

이런 예는 공학교육, 디스플레이 분야의 PDP 기술 등 여러 분야에서 발견할 수 있다. 현재 뜨거운 인공지능 분야도 어떻게 전개될지 아무도 확언할 수 없다. 이렇게 미래를 예측하기가 어렵기 때문에 학생들을 지도할 때 겸손해야 한다. 좋은 분야에 가서 수동적으로 그 분야의 혜택을 누리기보다 좋아하는 분야에 가서 그 분야를 동료들과 함께 키울 수 있는 또한 새로운 분야를 창출할 수 있는 능동적이고 적극적인 자세에 대한 교육이 필요하지 않을까?

왜 이런 현상들이 생길까?

고등학교 학생들에게 시장의 현실이 아닌, 그럴듯하게 왜곡된 이미지를 주는 것이 고등학교 교사의 탓인가, 아니면 언론의 탓인가?

저자는 면접 때 열심히 공부하고 연구해서 삼성전자와 같은 회사를 만들어서 수만 명에게 일자리를 제공하고 싶다고 이야기하는 학생들을 만나보지 못했다. 드라마에서는 기업인들은 거짓, 위선, 착취, 불륜의 이미지로 그려지고 있다. 외국에 진출하여 치열한 경쟁을 뚫고 시장에서 계약을 성공시켜 우리나라의 부를 만들고 일자리를 만드는 불굴의 기업인이라는 이미지는 학생들이 상상하기 불가능한 것인가?

우리는 학생들에게 '현실'을 설명하고, 선택할 수 있도록 도와야 한다. 현실감이 떨어지는 학생들이 많지만, 요즘 학생들은 교수보다 다른 경로를 통해서 현실감을 찾는 경우도 종종 있다. 우리 사회의 전반적인 수준 향상으로 부모와 친지, 그리고 인터넷을 통해 얻는 정보는 교수나 선배의 조언 못지않게 학생들에게 유용하다.

현실을 도외시하고 보랏빛 희망만으로 선택했을 때, 나중에 큰 실망을 하고 어려움을 극복하지 못할 수 있다. 유망한 분야의 선택이 중요한 것이 아니라 현실을 인식하고 스스로 결정하고 책임지는 연습을 할 수 있도록 도와주어야 한다.

# 교육의 시대정신,
# 대학은 감동적인 교육을 하고 있는가?

저자의 실험실에는 10개 이상의 다른 대학 출신들이 함께 박사 과정으로 연구했다. 저자는 학생들에게 다음과 같은 질문을 한다.

"대학에서 무엇을 배웠나? 졸업한 대학의 건학 이념은 무엇인가? 졸업한 대학 출신으로 자부심은 무엇인가?"

자신 있게 대답하는 학생은 거의 없었다. 반면에 저자의 연구실에 대한 자부심에 대해서 질문하면 모두 큰 자부심을 느낀다고 한다. 자기의 성적에 맞추어서 진학하고 지식을 열심히 습득해서 더 좋은 대학원에 진학은 했지만, 각 대학의 정체성에 대한 교육은 거의 없었던 것 같다.

대학마다 교육이념이 있다. 이 교육이념을 이야기해도 공허하게 들리는 것은 무엇 때문일까? 구호와 분위기 또는 느낌의 격차는 왜 생기는 것인가? 대학은 어떤 교육을 하고 있는가?

소속감과 자부심을 느끼게 하려면 감동이 있어야 한다. 현재 대학 교육에 감동이 있는가? 다른 교수들이 성취한 업적을 부러워하는가, 아니면 학생을 위해 고민하고 행동하여 그 대가로 존경을 받기를 원하는가?

## 포스텍의 성공과 시대정신

지식은 열심히 하면 모든 학교에서 배울 수 있지만, 그 학교에서만 배울 수 있는 정신이 있다. 저자도 포스텍에서 이런 정신을 감동으로 배웠다. 학교 다닐 때나 졸업한 후나 늘 자부심으로 가득 차 있었다. 저자와 같이 공부한 많은 친구가 저자와 비슷한 생각을 가졌다고 확신한다.

나라를 사랑하는 마음, 도전하는 마음, 본질에 충실 하려는 순수한 마음이 포스텍의 정신이고 지금의 포스텍으로 성장하게 한 토양이고 자양분이었다. 이 정신은 포스텍의 모태인 포스코에서 왔으며, 박태준 회장의 정신세계이다.

많은 기업이 대학을 건학(建學)했지만, 포스텍처럼 성공을 거두지는 못했다. 대부분은 그 기업을 위하여 학교를 건학했지만, 포스텍은 국가의 미래를 위해서 건학을 했기 때문이라고 믿는다. 포스텍을 담고 있는 정신세계가 남달랐기 때문이다.

포스텍의 건학 이념에는 세계와 인류라는 말이 6번이나 등장한다. 한국을 넘어서 세계적인 대학을 만들기 위한 설립이사장의 소망이 들어있다. 편협한 민족주의가 아니라 세계를 아우르는 개방적인 애국심이 느껴진다. 이 넓은 마음이 포스텍을 잉태하고 성장시키는 품이 되었던 셈이다.


포스텍의 성공에는 시대정신이 있다.

1950년대에는 문맹이 80%인 상황에서 교육의 시대정신은 문맹 퇴치였다. 이승만 정권은 예산 40%를 미국의 원조를 받는 상황에서도 초등학교를 의무교육화함으로써 이를 달성하였다.

1970년대 자주국방을 위해 중화학공업이 국정과제가 되었을 때, 원리를 모르는 거대한 중화학공업 장치를 수입하면서 이들 장치를 운영할 수 있는 기능공 인력 배출이 교육의 시대정신이었다. 이때 박정희 정권은 기계공고, 전자공고를 설립하여 이런 인력양성에 성공하였다.

1980년대 들어서면서 중화학공업 장치를 국산화하기 위해 연구 인력의 필요가 교육의 시대정신이었다. 이때 포스텍이 연구 중심대학으로 연구 인력을 배출하겠다는 것이 시대정신에 맞았기 때문에 단기간에 성공할 수 있었다.

당시 포스코의 지원으로 세계 5번째로 성공한 포항방사광기속기는 우리나라 연구 역량을 20년 이상 앞당겼다는 평가를 받고 있다.

서울대와 카이스트가 포스텍의 방향으로 따라와 줌으로써 리더십이 생긴 것이다.

## 미래를 만드는 시대정신

그러면 과연 지금 교육의 시대정신은 무엇일까?

미국의 스탠포드대학교와 MIT를 보면 최고의 연구 성과라는 다수의 노벨상 수상자도 배출했지만, 동문 기업의 시가 총액이 3,500조 원 및 2,500조 원으로 각각 세계 7위 및 9위권 경제력으로 평가받고 있다.

우리나라 주식시장 전체의 시가 총액 2,500조 원 정도이기 때문에 양대학의 경제·사회적인 효과는 대단하다고 할 수 있다. 이런 측면에서 지금 교육의 시대정신은 연구 중심대학에서 창업생태계를 구축하여 연구로부터 시작하여 실제 미래 먹거리를 만들어 낼 수 있는 인력의 배출이라 할 수 있겠다.

미국과 같이 박사 30%가 창업과 관련이 있고, 또 해외로 진출하는 벤처생태계 구축의 핵심인 20~30대 벤처 창업가를 기르는 데 과거와 같이 국가의 모든 역량을 집중해야 하겠다.

이제 포스텍은 연구 중심대학을 넘어서 창업(創業)과 창직(創職)으로 신사업을 만들어 내는 가치 창출 대학으로의 새로운 도약을 꿈꾸고 있다.

최대치 시가 총액이 15조 원의 가치를 갖는 300여 개 동문 기업을 향후 30년 이내에 100조 원으로 키우고, 포항시를 중심으로 경상북도에 지역경제 활성화를 통해 지방 소멸 시대에 새로운 희망을 제시하는 꿈을 꾸고 있다.

이 일은 교육과 연구 시스템을 만드는 것과는 달리 학교 내부의 힘만 가지고는 성취할 수 없다. 동문과 포스코의 도움이 필수적이다. 포스코와 포스텍의 정신이 구심점이 되어 포스텍 동문들과 포스코 직원들의 마음을 하나로 묶을 수 있다고 믿는다. 2만여 명의 동문과 포스코 직원들의 마음을 하나로 묶어 지역사회와 함께 이 시대에 맞는 새로운 대한민국 교육의 이정표를 창출하길 기대한다.

사실 이런 비전은 모든 대학에서 가능하다고 생각한다. 동문 기업 모임, 동문 변리사 모임, 동문 투자가 모임을 만들어 학교와 그 지역에 맞는 창업생태계를 만들고 그 학교의 정신을 후배들에게 전수할 수 있다.

감동적인 교육을 하기 위하여 우리는 다음과 같은 교육의 원칙들을 다시 점검할 것을 제안한다. 교육의 본질과 학교의 존재 이유를 확인하고, 학교의 고객(顧客) 학생들에게 감동을 전할 마음을 만들어야 한다. 또한 세계의 흐름과 시대정신을 파악하여 글로벌 스탠다드로 나아가는 노력이 필요하다.

• 대학교는 학생들을 위하여 존재하는 것이므로 학교의 모든 활동은 교육의 가치를 높이는 데 초점이 있어야 한다. 교수와 직원이 급여를 받으며 근무하는 것은 대학생들의 교육을 위한 것이다.

• 교육이란 학생들의 미래가 더 행복하도록 하는 것이다. 이를 위해서 학생의 진로를 학교와 교육자가 자신의 잣대로 정해두는 것이 아니라 항상 열린 자세로 대하는 것이 중요하다.

• 대학교의 역사로 만들어진 가치와 정신이 대학교의 모든 교육 활동에 스며들어 있어야 한다. 또한 새로운 시대정신을 파악하고 글로벌 스탠다드에 맞는 교육 시스템을 만들어 갈 수 있어야 한다.

# 정체성의 교육

'나는 누구인가?'라는 정체성에서 '나는 무엇을 해야 하나?'라는 비전이 나온다. 따라서 학생의 행동을 보면 그 학생의 정체성을 간접적으로 읽을 수 있다. 자신이 가진 실력에 비해 아쉬운 행동을 하거나 미숙한 결정을 내리는 경우를 발견하고 의문을 가지기 시작했다. 이에 대해 공유하고자 한다.

## 미국 두 대학의 차이점

저자가 실제로 경험한 미국 펜실베니아주립대학교와 미시시피주립대학교의 상위권 학생들의 실력에는 거의 차이가 없지만, 그들의 마음에는 큰 차이가 있었다.

펜실베니아주립대 학생들은 자신이 이미 최상위권 학생이며 무엇이든 할 수 있다고 생각하는 반면, 미시시피주립대 학생들은 자신은 아마도 최상위권의 반열에 들지 못할 것이라고 생각하고 있다.

미시시피주립대 같은 학교를 미국에서는 '디딤돌 대학(stepping stone university)'이라 부른다. 젊고 실력 있는 교수들이 미시시피주립대에서 열심히 연구해서 실적을 내고 자신의 실력을 인정받아 더 상위권 대학으로 옮기는 디딤돌과 같은 대학이라는 뜻이다. 대학이 재정적으로 여유가 없어 능력이 입증되어 몸값이 비싸진 교수들을 붙잡을 수는 없고 다시 몸값이 싼 젊은 조교수들을 채용하여 대학교를 운영하고 있다.

실제로 미시시피주립대의 젊은 교수들은 일류대학 출신 박사들이 많다. 이들이 미시시피주립대 학생들에게 "나는 너희들보다 더 좋은 대학을 나왔어. 나는 너희들보다 더 똑똑해."라는 분위기로 학생들을 가르치면 학생들은 일반적으로 무비판적으로 그 분위기에 스며들어 자연스럽게 그런 마음이 형성 될 수 있다.

학생 스스로가 미래의 희망을 잃어가고 있다는 사실을 인식하지도 못하는 사이에 도전정신 대신 패배의식을 가진 사람으로 길러지고 있다는 사실은 참으로 무서운 일이다. 우리나라에서도 몇몇 상위권 대학을 제외하면 이런 일들이 알게 모르게 일어나고 있지 않을까?

반면에 펜실베니아주립대 학생들은 다르다. 새로운 도전을 하는 횟수가 상대적으로 더 많았으며, 성공 사례로 발전한 경우 또한 많았다. 성공은 언제나 쉽지 않지만, 성공하는 사례는 시도하는 횟수에 따라 비례하며, 성공하는 경우에 더 많은 관심이 몰리게 되는 만큼 자신이 최상위권이라고 생각하는 집단에서 실제로 최(最)상위권다운 사례들이 더 많이 나오는 것이다. 대중매체는 거의 성공한 경우를 기사화한다. 따라서 자신의 잠재력을 제한하지 않고 상상할 수 있는 최고의 비전을 가짐으로써 끊임없이 도전하며 자신을 개발해 나갈 수 있다. 학생들이 세계적인 인물이 될 수 있을지 없을지는 아무도 모르며, 시도해 보기 전에는 그 학생이 가진 잠재력을 알지 못한다.

하지만 스스로 "나는 큰일을 할 수 없으며, 그런 일들은 나와 상관없는 일이다."라고 생각하는 순간, 학생은 그런 일을 해낼 수 없는 사람이 되어버린다. 스스로의 가능성을 닫아버렸기 때문에 시도조차 하지 않을 것이며, 시도가 없이는 아무 일도 일어날 수 없기 때문이다.

# 미국 유학생의 사례

미국에 있는 한인 유학생과 이민자들에게도 이와 비슷한 현상들이 있다. "내가 동양인인데 변호사가 되고 의사가 되어 개업을 하더라도 백인들이 나에게 일을 의뢰하고 치료를 받으러 올까?"

이런 의구심으로 주류사회에 도전하는 사람들보다는 한인사회에서 개업하는 사람들이 더 많다고 한다. 열심히 공부해서 일류대학을 졸업해도 미국 주류사회에 진입하기 위해서는 더 큰 도전이 필요하다.

이를 위해서 가장 필요한 것은 한국인으로서의 정체성과 미국인으로서의 정체성 모두를 가지고 이를 연결하겠다는 꿈이 있어야 한다. 시도를 하면 성공 체험도 할 수 있고 실패하더라도 그 이유를 알 수 있으므로 그 원인을 분석하여 다시 시도할 수 있지만, 시도하지 않으면 당연히 아무 일도 생기지 않는다.

이러한 예들은 꽤 흔하다.

미국에서 강의할 때, 인도 학생 세 명이 부정행위를 저지른 사실이 발각되었다. 왜 부정행위를 했는지 질문을 했다. 첫 학기라 긴장도 되고 다음 학기 장학금을 못 받게 될까 걱정이 되어서라고 답을 했다. 저자는 그들에게 그것이 표면적인 이유일 수 있지만, 근원적인 이유는 자신을 소중한 존재로 여기지 않기 때문이라고 설명했다.

"스스로 존귀한 존재라 여기면, 존귀한 존재답게 행동하게 된다. 이 세상에 하나밖에 없는 유일한 존재이며 자신의 가정에서, 그리고 내 수업에서도 소중한 존재이다. 중간고사10점과 자신의 존엄성을 맞바꾸는 것은 어리석은 선택이다."

왜 가출을 하고 왜 부정행위를 하는가? 자신을 사랑하고 존중하는 사람만이 다른 사람들도 사랑하고 존중할 수 있다.

대학 생활은 지식과 함께 인격을 수양하기 좋은 시기이다.

좋은 멘토들을 통해 자신의 인격을 높은 수준으로 만들기 위해서 노력해야 한다. 저자는 학생들에게 "어떻게 하면 좋은 배우자를 얻을 수 있느냐?"는 질문에 "연애 경험도 필요하지만, 자신을 좋은 사람으로 만들어야 배우자가 될 사람의 좋은 점을 볼 수 있다."라고 설명한다.

자신에게 없는 것을 상대에게서 찾을 수 있을까? 옛말에 '유유상종' 또는 '친구를 보면 그 사람을 알 수 있다.'라는 말처럼 자신의 성숙도만큼의 친구를 사귀는 것이다.

# 독립과 도전정신

교육의 최종 목표는 독립이다.

부모나 교수의 도움 없이 스스로 살아가는 것이다. 독립의 시작은 스스로 선택을 하는 것이다. 이후 부모로부터 독립이 필요하다. 최종적으로 새로운 것에 도전하는 것이다. 이에 대해 살펴보자.

## 대학과 직업의 선택, 그리고 그 결과

대학과 전공 및 직업의 선택, 그리고 그 이후에 대해 아래 내용을 공유하고 싶다. 많은 에너지를 들여 대학과 전공을 선택하지만, 예상과 다른 현실이 기다린다.

• 고등학교 때 좋은 학교를 가고 싶어서 잠을 줄여가며 공부를 했지만, 실제 대학생활은 자신들이 꿈꾼 보랏빛 환상의 생활은 아니다. 기쁨이 넘치는 합격자 발표와 입학식 등 특별한 날은 며칠이 되지 않고 다시 일상적인 생활이 되어 자신과 지루한 싸움을 해야 하기 때문이다.

동떨어진 현실 감각으로 대학생활에 대한 실질적인 준비도 안 되어있고 자신이 내세운 꿈도 실제로 자신의 꿈이 아니니 전공과 관련된 본질적인 영역의 대학생활에 재미를 느끼지 못하는 경우가 많다. 자신의 분출하는 젊음과 열정을 불태울 꿈이 없으니 다른 곳으로 에너지를 방출하게 된다. 꿈이 없는 것이 전부는 아니지만, 심각한 경우 인터넷 게임에 중독되거나 기숙사에서 나오지 않는 학생들도 생긴다.

한국의 거의 모든 대학에서 한 학기가 지나면 학생의 50%, 1년이 지나면 90%가 꿈을 잃는다는 설문조사 결과도 있다. 1년이 지난 후 대부분 학생들이 집중하는 것이 지금까지 훈련 받아서 자신이 가장 잘하는 좋은 직장을 얻기 위해 학점관리, 즉 스펙을 만들어가는 것이다. 교육을 맡은 대학교수로서 이러한 현실을 만든 것에 대해 학생들에게 미안함과 함께 책임감을 느낀다.

• 통계에 의하면 10년 안에 자신의 전공분야를 떠나는 사람들이 90%가 넘는다고 한다. 실제로 조사에 임한 사람들은 직장생활 하는 데 있어 대학에서 배운 것이 거의 필요가 없다고 한다. 대신 좋은 멘토 교수와 선배들로부터 들었던 영감 있는 이야기들이 오랫동안 기억에 남고 도움이 되었다고 한다.

과연 전공 선택에서 정말 중요한 것은 무엇인가? 어떤 전공을 선택하는 것보다 선택의 과정이 훨씬 더 중요하다는 결론을 내릴 수 있다. 학생들이 의대나 법대를 선호하는 것을 볼 수 있다. 이유가 무엇일까? 정말 하고 싶은 것일까, 부모의 꿈을 대신 이루어 주는 것인가, 아니면 안정된 직업을 원하는 것일까?

어떤 학생이 "저는 삼성전자에 들어가 5년 정도 근무하다가 중공업 회사로 이직할 것입니다."라고 말했다.

삼성전자가 명문대 출신들을 대거 채용하지만, 5년 안에 반 정도가 나간다는 이야기를 듣고 중공업은 전자산업보다 개발기간이 길고 덜 경쟁적이며 안정적이라고 생각해서 낸 깜찍한 아이디어이다. 이렇게 이야기하는 마음 속 기저(基底)에는 무엇이 있을까?

# 부모로부터의 독립

고등학교를 졸업하고 대학생이 되었는데도 부모의 영향력이 여전하다. 이런 사실이 학생들의 독립을 저해하고 있는 것은 아닐까? 아래 이야기들은 모두 부모의 선택 또는 학생의 선택이라는 공통분모를 가지고 있다. 실제 누가 선택한다는 경계가 모호할 수도 있다.

• 가끔 학부모로부터 전화가 와서 어떤 과목을 수강하면 좋을지, 어떤 연구 참여를 하면 좋을지에 대해 문의를 한다. 대학생이 되었는데도 부모가 대신 수강신청을 하는 것이다. 저자는 학부모에게 "자녀가 결정하도록 해 주세요. 부모님이 하시면 더 지혜롭게 하시겠지만, 학생이 스스로 결정하고 책임지는 훈련의 기회를 잃어버립니다."라고 말씀드린다.

• 학생이 독립하기 위해 부모님께 아르바이트로 용돈을 벌고 싶다고 이야기하면 우리나라 부모님은 그 돈 내가 줄 테니 너는 그 시간에 공부를 더 하라고 하는 경우가 있다. 하지만 학생은 그 시간에 공부를 하지 않는 경우가 많다. 공돈이 생겼기 때문에 이 돈으로 더 즐기는 것이다. 자신의 노력으로 힘들게 번 돈이 아니기 때문에 그 돈의 소중함이 적은 것이다.

반면에 미국의 대학생들은 대학에 가면 은행에서 대출하여 등록금을 내고 아르바이트를 해서 생활비를 충당한다. 집에 경제적인 여유가 있어도 대학생들은 독립을 해야 한다는 문화가 있다.

선택에는 결국 '독립'이라는 단어가 포함된다.
학생들이 스스로 선택하기 위해서는 독립을 해야 하고, 그 중 경제적인 독립이야 말로 가장 현실적이고 근본적인 것이다.

개인주의가 형성되었던 시기의 영국 이야기이다. 16세 생일을 맞은 남자아이는 부활절 예배를 마지막으로 집을 떠난다고 한다. 빨간 넥타이를 매고 모든 짐을 챙겨서 부모님께 감사를 표하고 시청 앞 광장으로 모인다. 어른들이 다가와서 "왜 여기에 있니? 배가 고프니? 밥을 사줄까?"라고 물으면 "아닙니다. 저는 직업이 필요합니다."라고 대답한다. 그리고 흥정이 되어 그 집에 가면 4년 동안 일을 배운다. 4년 후에 새로 독립해서 가게를 내면 비로소 그 마을에서 결혼할 수 있는 자격이 생겼다고 한다.

이 독립에 대한 확고한 정신이 변방의 영국을 해가 지지 않는 대영제국으로 성장할 수 있도록 만든 중요한 정신적 자양분이었다고 한다.

## 독립을 넘어 도전으로

연구실에서 학위를 하는 과정은 단순히 독립하는 것을 넘어 새로운 연구를 개척하는 도전을 목표로 한다. 교육은 평균을 높이는 교육, 뒤처진 이들을 배려하는 교육과 함께 상위권을 더 잘하게 하는 교육이 있다.

모든 교육이 중요하지만, 잘하는 학생들을 더 잘하게 하는 수월성 교육은 도전하는 선구자들을 배출하여 국가의 미래를 만들어 가는 교육이다. 어느 국가나 수많은 도전과 실패 속에서 성공한 새로운 미래 사업을 만들어야 생존할 수 있기 때문이다.

도전정신을 가지고 1%의 가능성에 새롭게 도전하는 사람들은 늘 있다. 그래서 가만히 있으면 도태되고 실패하는 것이다.

우리나라의 산업화도 이러한 도전과 수많은 실패 속에서 이룩되었다.

현대자동차는 회사의 명운을 걸고 조립라인 국산화와 엔진 국산화에 도전하여 성공했기 때문에 지금의 세계적인 기업으로 성장한 것이다. 삼성전자도 모두가 반대하는 반도체에 단 한 사람 이병철 회장의 의지로 도전하였기 때문에 세계 1위의 IT 기업으로 성장한 것이다. 포스코도 도저히 성공할 수 없다는 미국과 서독의 평가를 무릅쓰고 도전했기 때문에 전(全) 세계 자동차 10대 중 1대가 포스코 강판을 사용할 정도의 글로벌 기업으로 성장한 것이다.

독립의 교육과 도전정신은 앞으로 다가올 4차 산업혁명 시대에 개인의 위대성을 보여주는 사례들을 계속해서 만들어 갈 것이다.

# 개인의 자유, 교육 현장에서의 권리

저자가 미국 카네기멜론 대학교의 교환학생으로 갔던 당시 몇 가지 경험으로 충격을 받았는데, 이때부터 가지기 시작했던 의문이 개인의 자유라는 해답으로 연결된 내용을 공유하고자 한다.

## 수업 시간에 있었던 일

저자가 대학교 3학년이었을 당시 미국 카네기멜론대학에 교환학생으로 있을 때, 실험 수업 시간에 실험 기구 하나가 부족한 경우가 생겼다. 실험기구를 못 받은 학생이 교수에게 "저도 이 학교 학생이고 수업료를 다 지불했는데 저는 왜 실험기구가 없습니까?"라고 질문했다. 교수는 미안하다고 사과한 후, 다음 수업 때 실험을 하고 오늘은 이론 수업을 하겠다고 했다.

지금은 우리나라에서도 흔한 일일 수 있지만, 저자는 당시 큰 충격을 받았다. 우리나라에서는 교수가 다른 학생과 같이 하라고 하면 아무런 항의 없이 "알겠습니다."라고 했을 것 같은데, '왜 그랬을까?' 하는 생각을 지울 수 없었다.

더 나아가 교수가 대학원생들에게 개인적인 부탁을 하고 부당한 요구를 해도 거의 항의를 하지 않는 것이 우리나라 교육현장의 실정이다. 부모들도 괜한 불이익을 걱정해서 자녀들에게 문제 삼지 말고 넘어가라고 충고하는 경향이 크다고 느낀다.

## 한국전쟁과 관련된 이야기

저자는 이 문제에 대한 해답을 다음의 경험에서 찾을 수 있었다. 미국 교환학생 당시 미국 MIT와 하버드대학교의 한국전쟁기념관을 견학한 적이 있다. 미군은 한국전쟁 때 16개국의 연합군으로 참전하여 그중 4만여 명이 전사했다. 이들은 무엇을 위하여 남의 나라 전쟁에 참여하여 자기 국민의 소중한 목숨을 희생시켰을까? 참전한 개인들은 어떤 이유로 한국전쟁에 참여하러 왔을까?

세계 정상의 대학으로 인정받는 하버드대학생 20여 명도 이 한국전쟁 참전 명단에 들어 있었다. 이들은 미국의 최고 엘리트로서 미국에서 편하게 살 수 있는 많은 기회를 누리기보다 잘 알려지지도 않은 나라 한국에서 자신들의 소중한 목숨을 바쳤다.

"우리 선조들은 노예해방을 위해서 60만 명을 희생했다. 자유는 거저 주어지는 것이 아니라 쟁취하는 것이다. 나는 대한민국이 어떤 나라인지 잘 모르지만, 그들이 공산주의로부터 자유를 얻을 수 있다면 내 미래와 목숨까지 걸 만한 가치가 있다고 생각했다."

그들은 이렇게 이야기했다고 한다.

한국전쟁에서 다리를 잃은 튀르키예의 참전용사는 1988년 서울올림픽을 보고 한국의 경제발전과 민주화를 알게 되어 자신이 잃어버린 다리에 대한 보상을 받았음을 느꼈다고 했다. 우리는 이런 분들의 희생에 머리가 숙여지고 마음이 뭉클해지는 감동과 감사의 마음이 자연스럽게 생긴다. 그들의 희생으로 우리가 현재 자유를 누리고 있기 때문이다.

우리의 마음과 우리 자녀들의 마음은 어떠한가?

인간의 마음 깊이에는 자유와 인권에 대한 갈망이 있다. 한국전쟁 때 남에서 북으로 올라간 사람들은10만 명 정도인데 비해 북에서 남으로 내려온 사람들은150만 명 정도라고 한다.

당시 사람들은 목숨을 걸고 자유를 찾아 남으로 내려왔던 것이다. 우리 민족의 마음 깊은 곳에 있는 자유에 대한 갈망이 전쟁을 통해 행동으로 표출되어 오늘날 우리에게 알려주고 있다.

현재 대한민국은 이렇게 자유를 누리고 있지만, 북한은 어떠한가? 우리와 피를 나눈 같은 민족이라고 하는 북한 주민들이 저렇게 김씨 세습 왕조의 공산독재에 자유와 인권을 유린당하고 있는 현실에 대하여 과연 우리는 분노를 느끼고 있는가? 우리가 목숨을 걸고 하루속히 북한 주민들을 독재에서 해방시켜 진정한 광복과 통일을 이룰 수 있도록 해야 한다는 생각을 하고 있는가?

## 자유를 갈구하는 젊은이들

이와 현상은 다르지만, 내면이 비슷한 이야기들도 있다.

미국에서 만난 이란의 유학생은 유럽이 아니라 미국으로 오기 위해 5번이나 비자 인터뷰를 했다고 한다. 일종의 멸시를 당했음에도 그 학생의 마음에는 미국에 대한 꿈이 있었다. 이란에서 모든 학생들은 어릴 때부터 미국은 이란의 적성국가라고 교육을 받았음에도 이란 최고 대학인 테헤란대학교 학생들은 미국으로 유학을 가고 싶어 하고, 심지어는 이후에 미국시민권을 얻어 미국에 계속해서 살고 싶어 한다. 비슷한 생각을 가지고 있는 중국 유학생들도 많았다.

일본제국주의 시대의 최고 대학인 동경제국대학생들도 태평양전쟁의 진주만 공습 때 가미가제 특공대로 참여하였다. 어릴 때부터 일본 왕을 위해서는 목숨도 바쳐야 한다고 배운 그들이지만, 가미가제 공습 전 그들이 쓴 일기에는 "왜 내가 왕을 위해 죽어야 하는지 모르겠다. 나는 이렇게 죽기 싫다."라는 등의 문장들을 쉽게 찾을 수 있다고 한다.

왜 이러한 현상이 생겨나는 것일까?

이러한 전체주의 국가의 이데올로기 교육은 목숨을 거는 헌신을 요구하지만, 개인을 전체의 부속품으로 여기고 개인의 자유와 인권이 무시되기에 우리는 이러한 전체주의 국가에 분노를 느끼는 것이다.

## 자유에 대한 교육

실험장비가 부족하여 교수에게 이의를 제기했던 학생과 함께 했던 수업에서 시작되었던 의문에서 비롯되어 한국전쟁에 참전한 청년에 관련된 경험으로 보건대, 이것은 자유에 대한 교육이라는 결론에 도달하게 되었다. 미국에서 학생이 교수에게 이의를 제기한 것은 개인의 권리에 대한 기본 교육을 받았기 때문이 아닐까?

현재 우리나라 교육이 지향하는 '인성과 창의성 교육'의 문제점은 이 교육을 조선시대나 북한에서 적용해도 큰 무리가 없다는 데 있다.

우리는 다음 세대에게 식민지를 겪은 국가 중 유일하게 경제발전과 민주화의 위대한 역사를 성취한 대한민국이 전(全) 세계에서 가장 가난하고 인권이 유린되는 독재국가인 북한과 어떻게 다른가를 가르쳐야 한다. 조선이 왜 멸망했는지, 대한민국보다 3배나 잘 살던 북한이 왜 200분의 1로 못 살게 되었는지 가르쳐야 한다.

이것은 개인의 자유에 기인하고 개인의 자유와 관련된 문제다. 나의 신체와 재산은 그 누구도 간섭할 수 없다는 신체의 자유와 자유로운 신체의 노동으로 만들어진 소유권의 자유에 대한 헌법적인 권리를 가르쳐야 한다. 국가는 개인의 자유를 침해하는 것이 아니라 지켜주는 것이고 자유의 크기만큼 경제가 발전한다는 사실을 가르쳐야 한다. 발명에 대한 개인적인 포상이 가장 큰 나라가 미국이다. 그래서 대부분의 세계적인 발명자들은 미국으로 가려고 하는 것이다. 이것이 생활 속의 자유이다.

착하게 살면 금전적인 복을 받는다고 믿는 '흥부전' 식의 수동적이고 계산적이며 기회주의적인 미래 세대를 지향하자는 게 아니다. 자신도 권력에 유혹을 받지만, 끝내 이를 물리치고 결국은 위대한 승리를 통해 자유를 쟁취한다는 '반지의 제왕'과 같은 적극적이고 인권을 우선시하며 자유의 가치를 추구하는 진취적인 새로운 세대를 만들기 위한 교육이 필요하다.

동양은 정신문화를 중시하고 서양은 물질문명을 중시한다고 저자는 배웠다. '정말일까?' 하는 비판적인 생각이 든다. 실질적으로는 정신문화와 물질문명은 공존하는 것이고, 상호보완적인 것이다. 여성 해방은 편리한 가전제품이 나온 이후에 실질적으로 좀 더 나은 방향으로 발전했다.

거래를 지향하는 협상적인 이권과 관련된 부분보다 근원적이고 근본적인 자유와 인권에 대해서 훨씬 더 높은 가치를 두는 멋있는 미래세대를 위한 감동적인 교육이 있어야 한다. 자신과 타인에 대한 권리를 제대로 교육받았다면 타인에 대한 배려가 좀 더 많아지지 않을까?

여기서 '권리(權利)'는 자기 것만 챙긴다는 이기적인 관점보다는 자신과 다른 이들을 아끼고 존중한다는 개념이다. 예의 바르게, 논리와 책임감을 가지고 자신의 권리를 요구할 수 있는 멋진 다음세대를 상상해 본다.

"저자가 대학 교육의 본질에 충실하고자 노력한 결과로 나타나는 에피소드들은 행복한 교수라는 느낌을 받게 하고 그간의 노력에 대한 격려를 받는 계기가 된다. 저자의 연구실에서 일어난 실제 에피소드들을 소개하고자 한다. 이들 에피소드가 독자들에게 현장성을 높일 수 있는 기회가 되길 바란다.

# PART 5

# 건강한 연구실의 실제,
# 에피소드들

# 졸업과 취업 관련 에피소드

대학원생에게는 실력을 키워서 원하는 곳에 취업하는 것이 가장 중요하다. 지도교수에게도 제자들이 실력을 길러 원하는 곳에 취업할 수 있도록 지원해 주는 것이 가장 중요한 임무이다.

저자의 연구실에서 졸업한 제자들은 거의 대부분 좋은 직장에서 자신의 역할을 하고 있다. 하지만 연구실에 들어와서 졸업을 하지 못하고 나간 안타까운 제자도 있다. 이와 관련된 에피소드들을 소개하고자 한다.

• P는 아내가 대구에 직장이 있어서 대구 지역 정부출연연구소에 취업을 희망했다. 저자는 후배를 통해서 정부출연연구소의 대구지역 센터에 세미나 일정을 조율해서 제자 P와 함께 방문했다. 저자는 이 센터에 아는 사람이 없어서 세미나에서 "제가 왜 왔는지 궁금하시죠? 제 제자가 졸업 후 이 센터로 취업을 원하기 때문에 후배를 통해서 방문을 했습니다. 오늘 세미나를 들어 보시고 연구 분야가 이 센터와 연결이 되면 고려해 주시면 좋겠습니다."라고 시작을 했다.

이후 P는 박사학위 후 정부출연연구소에 지원해서 인터뷰를 하게 되었다. 최종 후보는 되었지만, 해외 박사후연구원 경험이 없어 2순위 후보로 알려졌다. 최종 면접에서 원장이 갑자기 영어로 인터뷰를 하였고, 6개월 해외 교환학생 경험과 매년 해외학회 참여 경험, 그리고 영어로 진행되는 랩 미팅으로 훈련된 영어로 잘 대응을 했다고 한다. 이어지는 면접에서 최근 읽은 책 3권을 요약해 보라는 요청에 격월로 진행되는 독서토론의 경험을 바탕으로 쉽게 대응을 했다고 한다.

결론적으로 P는 2순위 후보의 어려움을 극복하고 최종 합격하였다. P는 연구 수행 능력도 뛰어나지만, 연구비를 만들어내는 능력이 더 뛰어날 것으로 판단되었고, 현재 많은 연구비와 함께 뛰어난 연구 성과를 내고 있다.

또한 P는 대학원 연구실에서도 후배들을 챙겨주는 리더십이 뛰어났고, 지금도 후배 제자들을 잘 이끌어서 연구실 졸업생들 사이에 친분이 높아지고 나아가 협력연구로 이어지는 가교역할을 하고 있다. 바로 취업을 하지 못한 후배가 연구실 정책으로 연구실을 떠나야 할 때, P는 자신이 있는 정부출연연구소에 이 후배를 박사후연구원으로 받아주었다.

현장에서 어려움이 있을 때 자신도 모르게 연구실에 와서 후배들에게 밥을 사주고 이야기를 하면 회복이 된다고 한다.


• L은 중국 대학을 졸업하고 부모의 제안으로 저자의 연구실에 온 조선족 제자이다. 중국 국적으로 인해 미국에서 개최되는 국제학회 참석이 어려웠다. 비자는 발급되었지만, 학회 기간이 끝난 후에야 허가가 나와 참석할 수 있는 기회가 종종 주어지지 않았다. 미국 대학 교환학생으로서 미국에 도착했을 때, L은 문자로 "교수님, 제가 드디어 미국에 도착했습니다. 24시간 깨어 있었는데 잠이 안 옵니다."라고 상기된 소식을 알려왔다.

저자의 친구인 미국 대학 교수는 L과 6개월 연구를 함께 하고 나서 'L이 박사학위 졸업 후에 자신의 대학 교수로 지원을 하면 좋겠다.'라는 의견을 저자에게 주었다. 이렇게 인정받을 정도로 L의 실력은 뛰어났다. L은 저자의 제안으로 졸업 후 국내 기업에 취업을 희망했다. L이 석사 취득 후 빨리 취업하여 결혼하기를 원해서 박사 진학을 반대했던 L의 아내도 다행히 '한국에서 자녀를 양육하는 것이 더 좋겠다.'라고 동의를 했다.

하지만 한국의 기업들은 'L이 입사해서 회사의 기술을 익히고 몇 년 후 좋은 조건을 제시한 중국 기업으로 이직할 수 있다.'라는 이유로 L의 채용을 꺼려했다. 취업에 난항을 겪고 있던 중 기적이 일어났다. S사가 개최하는 대학원생 대상으로 하는 논문경진대회에서 논문 대상을 받아 사장의 지시에 따른 특별 채용으로 취업하게 된 것이다. 연구논문 주제와 포스텍 출신 심사위원 등으로 가능했다는 뒷이야기를 들었다.

지금은 L박사의 요청 한국 국적을 획득하였고, S사의 인재로서 핵심 역할을 하고 있다. L의 한국 국적 취득 지원 서류 준비 때, 저자는 경상북도 도지사의 추천서를 받을 수 있도록 주선하여 기술 우수인재 귀화 패스트트랙으로 빨리 국적을 취득할 수 있었다.

• H는 글로벌 기업인 지멘스와 연구 과제를 하고 있어서 저자는 해외 대학으로의 교환학생보다는 미국 지멘스 방문연구원을 할 수 있도록 지멘스에 제안을 했다. 미국 지멘스 연구담당 부사장이 한국을 방문했을 때 H의 인터뷰 일정을 조율하였고, H의 훌륭한 영어 인터뷰로 1년간 미국 지멘스에서 방문연구원을 할 수 있었다.

• J는 해외 교환학생을 자신이 스스로 찾을 수 있을 정도로 적극성이 뛰어난 제자이다. J가 해외에 가 있는 동안 보내온 연구결과를 보니 저자가 제시한 박사 논문을 거의 완성한 상태였다. 그래서 귀국 후 한 학기 동안 정리해서 졸업할 것을 제안하였다. 그런데 해외 교환학생으로 세미나 학점이 하나 모자라 졸업이 어렵다는 의견이 있었다. 학과 사무

실과 함께 타 학과 세미나 학점을 조사하여 기계공학과 세미나 학점이 타 학과에 비해 많다는 점을 주임교수에게 제안해서 세미나 학점을 줄여 졸업을 할 수 있었다.

J는 석·박사 통합과정을 7학기에 졸업하여 포스텍 기계공학과 역사상 최소 학기로 박사학위를 하게 되었다. J는 군대를 갔다 오고 취업도 하면서 동기들보다 늦게 박사학위과정을 시작하였다. J와 동기 중 한 명은 8년 만에 박사학위를 하였다.

저자는 J의 동기 논문에 대한 심사위원이어서 그에게 물어 보았다.

"논문 심사를 해보니 매우 우수한데 어떻게 8년 만에 박사학위를 받고 국제학술지 논문을 2개밖에 못 썼나요? 동기인 J는 7학기 만에 8개의 국제학술지 논문을 발표하고 학위과정을 마쳐서 이번에 함께 졸업하게 되었는데…?"

그 동기의 이야기를 들어보니 지도교수가 안식년 때 외국 대학에서 본 연구를 하고 싶은 생각에 논문이 나오기 불가능한 장비를 만드는 데 5년 정도의 기간이 소요되었다는 것을 알게 되었다. 저자는 '그 지도교수 본인이 학생이면 교수의 이런 제안에 5년을 사용하였을까?' 하는 생각에 씁쓸한 마음이 들었다.

• O는 국방과학연구소에 취업하고 싶어 했다. 그래서 특별히 국방부 과제를 연구할 수 있도록 배려했다. 또 국방부에서 개최하는 한국군사과학기술학회에 참석할 수 있도록 배려하여 논문 발표를 하고 관련해서 5명 이상의 명함을 받아오도록 조언했다.

• B는 보잉사에 취업을 희망했다. 저자는 보잉사에 취업을 하려면 미국 유학을 갔어야지 하는 생각으로 진정성에 의심을 갖기도 했다. 마침

미국 시애틀 근처 보잉사에 근무하는 친구가 생각이 나서 보잉사에서 인턴이 가능한지 문의를 했다. 어렵다는 답변과 함께 대안으로 본인의 박사과정 지도교수가 시애틀에 위치한 워싱턴대학의 우주항공학과 주임교수로 있으니 그쪽으로 교환학생 연계는 가능하다는 답변이 왔다.

이후 저자는 미국 출장으로 그 주임교수를 만나 교환학생 승인을 받았다. B는 교환학생 기간 중 워싱턴대학 우주항공학과와 보잉사 사이의 프로그램에 의해 2개월 간 보잉사에서 연구를 하는 경험을 하게 되었다. 꿈은 어떻게든 반 발자국이라도 전진해야 백일몽으로 끝나지 않는다.

• Y는 재직하는 기업의 허락으로 늦은 나이에 저자의 연구실에 들어왔다. Y는 기업에서의 경험으로 저자가 경험하지 못한 박사 논문 연구 주제를 제안했다. 그때 저자는 H기업의 과제 수행 중 저자가 제안한 방식으로 연구의 어려움에 겪고 있었는데, Y가 박사 논문 연구 주제로 제안한 방식으로 전환하여 성공적인 연구 성과를 낼 수 있었다. 이를 계기로 H기업은 Y가 박사학위 후 좋은 조건으로 스카우트를 제안했고, 현재 Y는 H기업에서 좋은 연구 성과를 내고 있다.

• S는 과제를 함께 진행하고 있던 정부출연연구소 박사연구원의 도움을 받아 독일에 교환학생으로 가게 되었다. 이때 알파고의 영향으로 저자의 실험실은 AI를 활용하는 연구를 막 시작하고 있었다. S는 스스로 이를 캐치하여 독일연구소에서 AI를 활용한 연구결과를 얻어서 귀국 후 AI 관련 좋은 논문을 출판했다. 이 논문은 S가 원하는 정부출연연구소에 취업할 수 있는 계기를 만들어 주었다. 연구에서도 조금만 앞서가면 경쟁 없이 취업할 수 있음을 알게 되었다.

• 이상의 좋은 에피소드와 함께 유쾌하지 않은 에피소드도 있다. 연

구는 잘하는데, 논문 작성 능력이 부족하여 포스텍 내 다른 학과 연구실로 가서 졸업한 경우도 있었다. 한 학기 만에 논문을 쓰고 졸업할 수 있어서 안도했던 생각이 난다. 또한 가정문제 때문인지 이상하게 연구 성과가 없어서 연구실 정책에 따라 옆 연구실로 옮겨서 학위과정을 계속한 경우도 있다. 몇 년이 더 지나서 박사학위를 하고 취업했다는 소식을 들었다.

다른 경우는 AI 연구 과제를 위해 컴퓨터공학과 데이터베이스 과목을 수강한 두 학생이 이 과목에서 F를 받았다. 학생과 상담을 하고 교과 담당교수와 상담을 해서 연구실을 떠나도록 결론을 내렸다. 한 학생은 통합과정에서 석사학위로 변환하여 졸업 후 취업을 하였고, 다른 학생은 포스텍의 다른 학과 연구실로 옮기게 되었다.

학문과 연구 실력을 높이기 위해서는 어려운 결정이 필요하다. 박사과정 학생 4~5명 중 한 명은 석사학위를 하고, 연구실을 떠나는 경우가 생긴다.

"자네는 연구가 적성에 맞지 않는 것 같으니 다시 한 번 생각해 보면 어떻겠나? 세상에는 다양한 분야가 있는데, 꼭 연구 분야에 있을 이유가 없다. 저 선배를 봐라. 연구를 즐거워하지 않느냐? 저런 사람들과 연구 분야에서 평생 경쟁하며 살아갈 필요가 있을까?"

이렇게 이야기하면 대부분의 제자들은 석사를 하고 다른 분야로 옮겨간다.

# 연구실 생활 관련 에피소드

연구실에서 대학원생들과 학위 과정 동안 짧게는 2년, 길게는 5~6년 간 함께 생활하게 된다. 이 기간 동안 생활하면서 다양한 에피소드를 경험하게 된다. 일상생활과 관련된 에피소드를 소개하고자 한다.

• L은 중국 최고 대학을 졸업한 인재이자 조선족 동포이다. L은 코피가 날 정도로 피곤해서 뭘 것 아니라는 태도로 연구실 생활을 했다. 자란 환경이 다르게 때문이지만 다른 대학생들에게 열심이라는 부분에서 꽤 큰 영향을 미친 것으로 느껴졌다. 이렇듯 L의 존재는 연구실에 좋은 자극이 되었고 생각과 행동에 다양성과 진폭을 제공했다. 자유민주주의 또는 우리나라 역사에 대한 책을 읽고 진행하는 독서 토론에서 L은 초기에 매우 소극적이고 자기표현을 잘 하지 않았다. 저자의 연구실에 들어와 4년 정도가 지나서야 신뢰가 쌓였고, 특히 미국에 교환학생으로 갔다 온 후에 자신의 의견을 표현하기 시작하였다.

L은 중국에서 처음 한국으로 왔을 때가 한국에서 교환학생으로 미국에 갔을 때보다 더 문화적인 충격이 컸다고 한다. 저자는 L에게 중국이 민주화될 때까지는 한국에서 사는 것이 어떠냐는 의견을 제시했고, L은 국내 기업에 취업을 알아보기 시작했다.

• 많은 학생들을 겪다 보면 가끔 얼굴에 어두운 그림자가 있는 학생들

을 발견하게 된다. 가정에 어려움이 있어서 충분한 사랑을 받지 못했거나 어린 나이에 큰 트라우마를 겪은 흔적일 수 있다. 저자도 중학생 시절 갑자기 경제적 어려움에 처한 적이 있었는데, 집에 혼자 있을 때 구둣발로 들어온 빚쟁이들로 인해 큰 두려움을 겪은 적이 있었다.

G는 학부 수석졸업을 할 정도로 학업 능력이 뛰어나 고난도의 과제를 맡게 되었다. 이 과제의 수행을 위해 저명한 미국인 교수와의 네트워크를 만들어 주었다. G가 연구실에 온 지 두 달이 채 안 되어서 연구실에 출근을 안 하고 사라졌다. 일주일 후 G는 출근해서 직접 손 글씨로 쓴 편지를 저자에게 내밀었다.

편지는 자신이 저자가 생각하는 우수한 학생이 아니라는 내용이었다. 편지를 읽고 면담을 하였다. G가 저명한 미국 교수에게 이메일로 문의를 했는데, 답장이 없었다는 것이다. G는 이 상황을 '자신과 같은 사람에게 저명한 미국 교수가 관심을 가지겠느냐?'로 해석했다. G의 자존감은 너무 낮았다.

G의 가정 상황을 듣게 되었다. G는 누나와 남동생이 있었는데 부모가 다르다. 한 쪽은 어머니가, 다른 쪽은 아버지가 같다. 아버지는 알코올중독자로 어머니에 의해 정신과 병원에 보내졌다. 어느 날 G는 아버지에 대한 분노로 정신과 병원에 찾아가 언어폭력을 쏟아 부었다. 그 후 아버지는 자살을 했고 G는 죄책감에 휩싸였다.

저자는 G에게 "이러한 어려운 상황에서도 성실히 학업을 해서 우수한 성적을 거둔 것은 장한 일이고 박수를 받을 일이다. 하지만 이것을 핑계로 뒤에 숨으면 안 된다. 우리 연구실에서는 어려운 가정사를 핑계 삼지 말고, 정상적인 생활을 해야 한다. 그리고 어려움이 있으면 나에게 미리 이야기해 달라. 나중에 사회 생활할 때는 아무도 이러한 사정을 고려해 주지 않는다. 우리 연구실에서 스스로 극복하면 좋겠다. 내가 도와

주겠다."라고 조언했다.

포스텍 상담실에 연결하고 상담 내용을 모니터링하였다. 서울대병원 정신과 교수와도 연결시켜 주었다. 신앙을 가져 보라는 제안도 했다. 연구실 다른 대학원생들에게 G는 사랑이 필요하니 따뜻하게 대해주면 좋겠다는 이메일도 보냈다.

하지만 G는 회식 시간을 제외하고 개인 미팅이나 랩 미팅 때 거의 무표정이었다. 결국 G는 자신의 핑계가 허용되지 않자, 6개월 만에 저자의 연구실을 떠났다. 이후 포스텍의 다른 학과에 박사 과정으로 재입학을 했다. 4~5년 후 G의 지도교수로부터 전화가 왔다. 어려운 가정 형편으로 충분히 편의를 제공해 주었는데, 이제는 연구실의 골칫덩이가 되었다는 것이다.


• J도 비슷한 상황이었다. J는 어느 날 저자를 찾아와서 학위과정을 그만 두어야 할 것 같다고 이야기했다. 면담을 해보니 정신병에 걸린 누나를 할아버지가 돌보고 있었는데, 이제 연로하셔서 더 이상 돌볼 수 없기 때문에 자신이 누나를 돌보아야 한다는 이유였다. 부모의 이혼으로 누나가 정신병이 생겼는데, 약물을 잘못 써서 혼자 생활이 안 될 정도로 악화되어 할아버지 보호가 필요했다고 한다.

J는 외할머니가 남긴 유산으로 대학 때부터 독립적으로 살아왔다고 한다. 저자는 J에게 "J가 누나의 부모 역할까지 할 필요가 없는 것 같다. 상담을 받으면서 적절한 방법을 찾아보는 것이 좋지 않을까? 내 생각에는 J가 학위과정은 정상적으로 하는 것이 좋겠다."라는 조언을 해주었다.

포스텍 상담실과 부산 해운대의 아는 정신과 의사를 소개해 주었다. 이후 J로부터 누나를 돌보는 데 대해서 들은 바는 없지만, J는 큰 무리 없이 석사학위를 받았으며, 지금은 결혼도 하고 안정적인 직장을 다니고 있다. G와 다르게 J는 저자를 믿고 따라와 주었던 것이다.

가정에서 충분한 사랑을 받는 것이 매우 중요하다는 사실을 깨닫게 된다. 학위 과정 동안 반드시 어려움이 찾아오는데, 이때 사랑을 충분히 받아 자존감이 높은 학생들이 어려움을 쉽게 극복하는 것 같다.


• O는 옆 실험실에서 석사학위를 하고 저자의 연구실로 박사과정 입학시험에 합격했다. 그런데 문제가 생겼다. 창백한 얼굴로 O는 석사과정 지도교수로부터 석사학위를 줄 수 없다는 통보를 받았다고 저자에게 알려왔다. 저자의 연구실로 진학하고 싶다는 면담을 할 때 이전 지도교수와 상의했다는 의견도 들었고, 저자 연구실의 대학원생들과도 상의해서 합격을 시켰는데 난감한 상황이 발생한 것이다.

O는 졸업하지 못하면 예상치 않게 군대에 가야 하는 절박한 상황이었다. O가 속한 연구실의 선배들과 학과 사무실 직원들을 통하여 이유를 알아보았다. 저자는 O가 석사학위를 받지 못할 이유가 없다는 결론을 내렸다. 지도교수의 지나친 결정이라고 판단되었다. 저자가 신뢰하는 선배 교수들과 상의를 했다. 이후 주임교수에게 상황설명과 함께 포스텍과 기계공학과를 위해서 학생을 보호해 주는 것이 좋겠다는 의견을 제시했다. 다행히 주임교수가 저자의 의견에 동의해서 O의 지도교수를 저자로 변경해 주었다. 저자는 이 사실을 O에게 알리고 "마음고생 심했을 텐데 집에 가서 푹 쉬고, 이전 지도교수가 연락하면 나에게 알리라." 라고 일주일간 휴가를 주었다.

O의 이전 지도교수는 저자에게 험담을 했지만, 학생을 위하고 교육가치를 실현한다는 마음에 크게 동요되지는 않았다. 이후에 주임교수의 중재로 O의 이전 지도교수와의 관계도 회복되었다. 이 사건으로 저자는 연구실 대학원생들의 신뢰를 얻게 되었고, 모든 조직에서 도덕적 우

위가 힘의 근원이 된다는 사실을 깨달았다.


• Y는 대학원생으로는 상당히 늦은 나이에 저자의 연구실에서 박사학위를 하고 싶다고 이메일로 연락을 해왔다. 저자는 "왜 이 나이에 학위를 하려고 하지?"라는 생각이 들었지만, 일단 면담을 해보기로 했다.

Y는 오래전에 지도교수와 관계가 악화되어 박사논문 심사를 포기하고 취업을 했다. Y는 석사학위 후 같은 연구실에 박사학위 진학을 하고 수업, 자격시험 등 박사학위 논문을 제외하고는 다 수료한 상태였다. Y는 직장을 옮기는 과정에서 박사학위를 마무리할 수 있도록 회사로부터 허락을 받은 것이다.

그래서 저자는 Y가 저자의 연구실에서 박사학위를 마무리할 수 있도록 허락을 했다. 저자는 우선 Y의 박사학위 논문 주제는 회사에서 연구하는 과제의 연장선에서 가능하도록 논의하면서 2년 안에 학위를 마무리하자고 했다. 저자는 Y에게 회사 일이 아무리 바빠도 2년 동안은 매달 한 번씩은 연구실에 와서 박사 논문 진척을 논의하고 연구실 랩 미팅에 참여하여 대학원생들과 교류를 가지라고 제안했다. 그리고 등록금과 매달 출장비를 제공하겠다고 제안하면서, 그래야 저자가 지도교수로서 자격이 있을 것 같다는 메시지를 전했다.

Y는 "등록금은 제가 다 감당하려고 했는데…."라며 눈물을 글썽일 정도로 감동했다. 저자는 Y에게 "Y의 카카오톡을 보니 갓 태어난 아기의 사진이 있어 저자가 초창기 미국에서 벤처기업의 실패로 어렵게 자녀를 키우던 생각이 났다. 그 당시에 분유와 기저귀 값이 참 비쌌다는 기억이 나서 도와줄 수 있는 방안을 고민했다."라고 전해주었다.


• G의 출신 대학에서 학부생들이 포스텍을 방문한 적이 있었다. 저자

는 특강을 요청받았다. 저자는 특강 전에 G에게 10분 정도 후배들에게 하고 싶은 이야기를 들려주라고 제안했다. 이때 G는 후배들에게 "나는 이 연구실에서 우리보다 똑똑한 사람들이 더 열심히 학문하는 것을 체험했다. 우리도 핑계 대지 말고 더 열심히 하자."라는 취지로 후배들을 격려했다. G가 나중에 모교에서 교수를 하면 좋겠다는 생각이 들었다.

# 결혼 이야기

연예와 결혼은 청년들의 마음을 늘 사로잡고 있다. 이는 지도교수에게 생활지도 면담의 주된 소재이고, 연구실에서는 기쁨과 슬픔을 제공하는 가장 흔한 소재이다. 또한 연구실 생활의 활력소를 제공하면서 한편으로는 안정성을 깨는 양면을 가지고 있다. 인생의 선배로서 결혼의 중요성과 주례사를 공유하고 싶다.

## 결혼의 중요성

연구실에는 늘 젊은 청년이 있기 때문에 연애와 결혼은 언제나 큰 화제였다. 저자도 준비되지 않은 채 결혼을 해서 어려움을 치른 경험이 있었다. 그래서 연구실의 독서토론 시간에 결혼에 대한 토론을 종종 하게 된다.

토론 주제는 "어머니와 아내 사이에서 갈등이 있을 때 누구 편을 들어야 하나?"이다. 다양한 의견들이 있지만, 저자가 제자들에게 제시하는 답변은 "어머니는 아버지와 잘 사세요. 저는 아내를 보호하고 잘 살게요."이다. 교육의 최종 목적이 독립이듯이 결혼은 독립적인 가정을 만드는 것이다. 관련된 에피소드를 소개한다.

• P는 해외대학 교환학생 기간 중 외로움을 경험하고 귀국 후 여자 친

구와 결혼을 결심했다. 저자에게 주례를 부탁했다. 과장된 표현이겠지만, "교수님이 주례를 해주시지 않으면 저는 결혼 못 합니다."라고 협박이 아닌 협박을 했다. 이를 계기로 주례를 맡기 시작했다. 주례는 5분이다. 주례사는 다음 장에서 소개하고자 한다. 이후 8번 제자들의 주례를 하게 되었다. 주례사를 제자의 부모들이 들었으면 좋겠다고 요청을 받기도 하였다. 결혼 주례 후, 새로운 가정의 탄생과 성장, 그리고 자녀들의 탄생과 성장을 지켜보는 것은 교수이자 인생의 선배로서 참으로 아름다운 추억이다.

• K는 연구실에서 여자 친구가 없어 학생들이 장난을 걸곤 했다. 졸업과 취업 후 인사드린다고 저자를 찾아왔다. 너무 아름다운 예비 신부를 보고 깜짝 놀랐다. "어떻게 이런 아름다운 예비신부를 알게 되었냐?"고 물었다. "교수님 덕분입니다."라는 놀라운 답변을 들었다. 예비신부를 소개로 만나서 얼마 지난 후 예비신부가 "어머니와 나 사이에 갈등이 있으면 어떻게 할 것인가?"라고 물어왔다고 한다. K는 1초의 망설임도 없이 저자가 제시한 답변으로 대응해서 결혼 승낙을 받았다고 했다.

• J는 직장을 옮겨 U대학 교수가 된 후 저자를 찾아왔다. 식사를 대접하고 싶다고 해서 저자의 아내와 함께 초대를 받았다. 아내는 10여 년 전한 제자로부터 감사카드를 받았는데, 그 학생은 스승의 날에 교수인 저자에게가 아니라 아내에게 감사카드를 전했다. 거기엔 교수님께서 가정에 쓰실 시간과 에너지를 저희 제자들을 위해 사용하게 해주셔서 감사하다는 요지의 내용이 적혀 있었고, 아내는 젊은 학생이 가지기 힘든 남다른 이해심이라 생각하여 그 제자의 이름을 기억에 두고 있었다고 한다. 당시 아내는 학교에 출근하며 사춘기의 세 아이들을 건사하느라 버거

웠던 시기였는데 남편의 제자로부터 뜻밖의 스승의 날 감사 카드로 감동을받았고, 10여 년이 지나 그 제자의 얼굴을 보게 된 것이다. 저자는 격려와 함께 제자 덕분에 아내에게 큰 점수를 얻게 되었다.

## 제자 결혼 주례사

안녕하세요? 포스텍 박성진 교수입니다.

저는 오늘 결혼하는 신랑 S박사의 지도교수입니다. 요즘은 주례를 하지 않는 추세인데, 제가 아끼는 제자의 결혼식에 초대받아 무척 기쁘고 영광스럽게 생각합니다. 주례사라기보다 인생의 선배로 결혼 축복 메시지를 전하고 싶습니다.

S군은 B대학교를 졸업하고 포스텍 기계공학과에서 박사학위를 하였습니다. 저와는 박사 과정 5년 동안 함께 연구하였고 이제 K연구소에서 근무하고 있는 장래가 촉망되는 재원입니다. 저는 개인적으로 S군과 대화할 때 늘 마음이 편하고 벽이 없음을 느꼈습니다. 그래서 늘 제가 준비한 것보다 더 많은 것들을 S군에게 주고 싶은 마음이 생겼습니다.

S군은 이런 마음을 이끌어내는 내적 힘을 가지고 있습니다. 또한 성경 공부도 함께 하고 책을 읽고 영화를 보고 토론을 하는 등 인생에 대한 많은 대화를 한 것들이 기억에 남습니다. 얼마 전 C양과 함께 포항으로 찾아왔을 때 서로 잘 어울리고 많이 닮은 S군과 C양을 보고, 제 아내와 함께 큰 감동과 즐거움이 있었습니다. C양은 D대학교를 졸업하고, 현재 J에서 근무하는 뛰어난 재원입니다.

오늘 아름다운 날에 많은 하객 앞에서 진행되는 결혼식은 S군과 C양 본인들의 인생에서 가장 중요한 전환점입니다. 이들은 오늘을 시작으로 인생에 있어서 가장 중요한 '아름다운 가정 만드는 일'을 시작하게 되었습니다. 먼저 결혼해서 가정을 만들어 가고 있는 선배로서 이 인생에서 가장 가치 있는 세계에 오늘로 첫발을 디딘 것을 진심으로 환영합니다.

　그리고 세상에서 가장 가치 있고 또한 가장 어려운 이 일을 시작하려고 하는 두 사람에게 무한한 격려를 보냅니다. 두 사람이 2~30년간 서로 다른 환경에서 살다가 만나서 서로를 사랑하고 이해하며 하나가 되어 간다는 것은 결코 쉬운 일이 아니며 상대를 알아가고 배려하는 인생에 있어서 가장 의미 있는 과정입니다.


　우리는 인생에서 인간관계가 매우 중요하다고 알고 있습니다.

　인간관계에는 사랑과 신뢰와 존중과 이해라는 네 가지 요소를 가지고 있습니다.

　이 세상에서 가장 사랑할 수 있는 유일한 존재는 자신의 배우자입니다.

　(사랑은 한 번 시작되면 매우 오래가며 사라지기 힘든 속성이 있다. 사랑이 변질되어 증오가 될 수 있지만 사랑의 반대인 무관심으로 가기는 거의 불가능하다.)

　이 세상에서 가장 신뢰할 수 있는 유일한 존재는 자신의 배우자입니다.

　(신뢰는 한 번 깨지면 복구하기 어려운 유리구슬과 같은 속성이 있다.)

　이 세상에서 가장 존중할 수 있는 유일한 존재는 자신의 배우자입니다.

　(존중은 가까운 사이일수록 무시되기 쉬운 속성이 있다.)

　이 세상에서 가장 잘 이해받을 수 있는 유일한 존재는 자신의 배우자입니다.

　(이해는 시간이 지나면서 풍성해지는 속성이 있다. 처가에 자주 가다 보면 아내와 왜 이렇게 행동하는지 이해가 되는 경우가 종종 발생한다.)

　이처럼 세상에서 가장 깊은 인간관계를 맺을 수 있는 유일한 사람이 자신의 배우자이며, 배우자와의 관계가 인생에서 가장 깊은 인간관계의 기준이 됩니다.

아내는 남편의 사랑을 받으면 얼굴이 밝아지고 진정한 의미의 아름다운 여인으로 성숙해 갑니다.

S군은 전심으로 자신의 목숨처럼 C양을 사랑해서 정말 행복해하는 아름다운 아내의 얼굴을 볼 수 있길 기원합니다.

남편은 아내의 신뢰와 존경 속에서 자신감을 가지고 세상을 헤쳐 나갈 용기를 얻습니다. 세상에서 어려운 일을 만났을 때 그 어려움을 극복할 수 있게 하는 가장 근원적인 힘은 가정, 즉 부부의 사랑에서 나옵니다.

부모에 대한 진정한 효도도 부부가 한마음이 될 때 가능합니다. 진정한 형제 우애도 부부가 한마음이 될 때 가능합니다. 진정한 자녀 양육도 부부가 한마음이 될 때 가능합니다. 부부가 서로 사랑하여 자신들을 반반씩 닮은 자녀를 출산하여 자신들이 가장 소중하게 생각하는 철학들을 삶의 본보기로 전수하여 자녀들의 마음속에서 그 정신이 살아 있도록 하는 것이 진정한 자녀 양육입니다.

이곳에 오신 신랑 측 부모님과 신부 측 부모님께 간곡히 요청드립니다. 오늘 탄생하는 이 부부가 스스로 독립적으로 가정을 이룰 수 있도록 도와주십시오. 이 부부가 부모들의 마음에 들지 않는 결정을 하더라도 존중해 주세요.

부모님들이 결정을 대신해 주면 경험이 많기 때문에 더 좋은 결정을 할 수도 있지만, 그러면 부부가 스스로 결정해서 독립적인 가정을 이루는 기회를 잃어버려 다른 사람들에게 의존하는 가정이 될 수 있습니다.

항상 있는 그대로 받아 주시고, 늘 잘할 수 있다고 격려해 주셔서 이 부부가 건강하고 아름다운 가정으로, 그리고 양가 부모님들께 효도하는 가정으로 만들어 가도록 도와주십시오.

마지막으로 이 어렵고 가치 있는 길에 들어선 이 부부에게 하나님의 크신 은총이 함께 하시길 기원합니다. 감사드립니다.

# 박사 제자들 연구실 에세이

이 책을 준비하면서 제자들에게 에세이를 부탁하였다. 시간을 할애해서 저서의 초안을 읽고 또 과거를 회상하면서 귀한 마음을 나누어 준 제자들에게 고마움을 전한다.

저자도 제자들의 에세이를 읽으면서 마음속에 회상과 감동과 감사가 교차했다. 독자들에게도 이런 감동이 전해지길 바란다.

## 정부출연연구소에 재직 중인 P박사 이야기

박성진 교수님 연구실에 첫 학생으로 입학하여 5년간의 학위 과정을 마치고, 사회에 첫발을 내디딘 지 어느덧 10년이라는 세월이 흘렀습니다. 학위 과정을 밟는 동안 당시에는 무척 힘들다고 생각했지만, 사회생활을 시작하고 보니 그보다 더 험난한 여정이 기다리고 있었습니다. 돌이켜보면, 10년 전의 기억이 다소 흐릿해졌지만, 그 시절에도 희로애락이 공존했음을 새삼 깨닫게 됩니다. 특히, 힘든 순간도 있었지만, 기쁨과 즐거움이 더 많았던 시간으로 기억됩니다.

박사학위라는 목표를 제한된 시간 안에 완수해야 한다는 압박감 속에서 하루하루를 치열하게 보냈습니다. 하지만 그러한 고단함 속에서도 연구실 구성원들과 나눈 소소한 웃음과 일상의 작은 순간들이 큰 위로가 되었습니다. 때때로 사회생활을 하면서 학위 과정이 그리워질 때가 있는데, 그럴 때마다 그 시간이 제 인생에서 얼마나 소중한 기간이었는지를 다시금 깨닫게 됩니다.

학위 과정에서 겪었던 도전과 성취의 순간들이 오늘날의 저를 만들어주었기에 그 시절이 더욱 의미 있게 다가옵니다.

연구실에서의 시간은 단순히 연구에만 국한되지 않았습니다. 저는 연구실에 첫 번째 학생으로 입학하였고, 선배가 없다는 점이 장점이자 단점으로 다가왔습니다. 선배가 없었기에 연구실 내에서 눈치를 볼 필요는 없었지만, 동시에 학업이나 연구에 대한 조언을 받을 수 없다는 점에서 어려움도 있었습니다.

처음 연구실에 동기와 함께 첫발을 내디뎠을 때, 텅 빈 오피스에 덩그러니 놓인 책상의 모습이 아직도 눈에 선합니다. 하지만 시간이 지나면서 연구실 시스템을 구축하고 연구실 구성원들과 협력하며 성장할 수 있었습니다. 이렇게 함께 만들어 간 연구실은 단순한 학업 공간을 넘어 가족 같은 유대감을 형성하는 곳이 되었습니다.

저는 연구실 선택에 있어 정말 운이 좋았다고 생각합니다. 학부생 대부분이 대학원 과정 선택 시 어떤 연구실을 선택해야 할지 잘 모르는 경우가 많습니다. 경험이 부족하기 때문에 지도교수를 선택할 때 어떤 요소를 중요하게 고려해야 하는지 알기 어렵습니다.

저 역시도 특별한 기준 없이 당시의 느낌으로 박성진 교수님 연구실에 지원했지만, 운이 좋게도 뛰어난 인성을 가지신 교수님을 선택할 수 있었습니다. 교수님의 지도를 받으며 연구에 대한 열정뿐만 아니라 인간적인 성숙도 함께 경험할 수 있었기에, 연구실에서의 시간은 단순한 학문적 성장 그 이상이었습니다.

학위 과정 동안은 물론 졸업 후에도 교수님께서는 많은 도움을 주셨습니다. 연구를 수행하기 위한 충분한 연구비를 지원해 주셨고, 학생의 발전을 위해 미국으로 교환학생을 보내주시는 등 연구실을 이끄는 수장으로서 다소 부담스러울 수 있는 지원을 학생들을 위해 아낌없이 해 주셨습니다.

이제 제가 교수님과 비슷한 위치에 서게 되면서, 당시 교수님께서 보여주신 지원과 배려가 얼마나 대단한 일이었는지를 새삼 깨닫게 되었고, 그에 대한 존경심이 더욱 깊어졌습니다. 이러한 교수님의 헌신은 졸업생들에게도 지속적인 영향을 주었고, 연구실 구성원들이 서로 끈끈한 유대감을 유지할 수 있는 기반이 되었습니다.

끝으로, 졸업한 지 10년이 지난 제자에게도 늘 관심과 도움을 주시는 교수님께 감사드리며, 연구실 후배들에게도 감사의 마음을 전합니다.

연구실에서의 경험과 교수님께 받은 가르침이 제 인생에서 가장 값진 자산 중 하나로 남아 있습니다. 앞으로도 연구실에서의 기억이 졸업생들에게 소중한 자산으로 남기 바라며, 모든 구성원이 각자의 환경 속에서 성장하는 밑거름이 되길 기원합니다.

## 자신의 분야를 찾기 위해 유학을 택한 H박사 이야기

저는 포스텍 기계공학과 석사과정을 수학하면서 박성진 교수님과 첫 인연을 가지게 되었습니다. 그때 당시 교수님이 처음 연구실을 운영하시던 시기라서 첫 제자가 되었습니다. 어떻게 보면, 처음 연구실을 운영하시기 때문에 많은 시행착오가 있을 것으로 생각했지만, 교수님은 머릿속에 오랫동안 미래의 연구실에 대한 명확한 그림이 있으신 것 같았고, 특히 연구실이라는 하나의 시스템을 구축하면서 말씀하신 것들에 대해서는 일관적으로 지키시는 모습에서 신뢰감이 많이 쌓였습니다.

기억에 남는 활동으로는 독서토론과 영화감상이 있었는데, 개인적으로 독서를 좋아하여 연구 이외에 새로운 관점과 다른 사람들의 이야기를 들을 수 있어서 즐거운 시간이었으며, 연구뿐만 아니라 인생의 영감이 되는 시간이었습니다.

개인적으론 지역 취약계층 아동들을 가르치는 봉사활동도 학위 과정 중에 할 수 있었는데, 교수님께서 이런 부분에서 관대하셨기 때문에 금요일에는 조금 일찍 퇴근하여 학생들을 가르칠 수 있었습니다.

이외에도 금전적으로 아무런 어려움을 느끼지 않고 공부에만 집중할 수 있게 해주셨으며, 졸업 논문 프로젝트를 위해서 필요한 공부를 할 수 있도록 해외 대학으로 파견을 보내주셔서 유익한 경험을 많이 할 수 있었습니다.

석사 졸업 후, 공부를 더 하고자 했지만, 분야로 봐서 저에게 맞는 옷인지 확신이 들지 않아서 졸업 후 서울대와 카이스트에서 다른 분야의 다양한 연구를 해봄으로써, 저에게 맞는 옷이 무엇인지 차츰 알게 되었습니다.

하지만, 하고자 하는 분야와 백그라운드가 연결되지 않아서 스위스의 다른 학과로 석사 유학을 한 번 더 하게 되었고, 이후로는 영국에서 박사 유학을 이어서 하여 현재는 영국에서 포스트닥터 과정으로 원하는 연구를 하며 지내고 있습니다.

유학 준비 과정 중에 교수님께서는 언제든지 추천서 및 지원을 아끼지 않으셨고, 스위스와 영국에서 기회가 되어 교수님과 만날 때마다 앞으로의 나아갈 미래에 자양분이 될 만한 이야기를 많이 들을 수 있었습니다.

교수님은 학생을 잠깐 스쳐 지나가는 인연으로 여기지 않으셨고, 진심으로 대하는 마음이 전달되는 분이십니다. 그래서 제가 결혼을 하게 되었을 때, 주례사도 해주셨구요. 항상 학생의 관점에서 학생에게 맞는 길을 잘 갈 수 있도록 여러 방면으로 지원해 주셔서 감사드리고, 앞으로도 계속 좋은 인연 이어갔으면 합니다.

## 외국 유학생에서 한국 정착까지 L박사 이야기

저는 중국 조선족 출신으로, 중국에서 대학을 졸업한 후 박성진 교수님의 연구실에서 외국인 유학생으로 석사 및 박사 과정을 마쳤습니다. 현재는 국내 S사에서 근무하며, 한국 국적을 취득하여 아내와 두 아이와 함께 행복한 삶을 꾸려가고 있습니다.

저는 중국에서 20년 넘게 생활하며 학부를 마쳤고, 졸업을 앞두고 외국에서 유학을 경험하고 싶다는 결심을 하게 되었습니다. 미국, 독일, 한국 등 여러 나라의 대학 연구실에 지원서를 보냈고, 많은 교수님으로부터 답장을 받았습니다. 그중에서도 박성진 교수님께서 답장 주신 메일 내용은 지금도 또렷이 기억납니다.

교수님께서는 저의 한국어 실력을 물어보시며, 연구실에 오게 되면 외국인 학생도 예외 없이 한국어로 과제 제안서를 작성하고, 직접 연구를 수행하며, 보고서도 작성해야 한다고 하셨습니다. 당시 저는 대학원 생활은커녕 외국에 한 번도 가본 적이 없었기에, 이러한 조건이 큰 도전처럼 느껴졌습니다.

하지만 저의 더 큰 성장과 제대로 된 유학 생활을 위해서는 이 연구실이 가장 적합하다고 판단했고, 도전해 보기로 마음먹었습니다. 이렇게 시작된 박성진 교수님과의 인연은 저의 인생을 완전히 바꾸었고, 지금 돌이켜보면 정말 큰 행운이었다고 생각합니다.

교수님께서 구축하신 체계적인 연구실 시스템 덕분에 저는 이방인이라는 느낌을 거의 받지 않고 대학원 연구실 생활에 빠르게 적응할 수 있었습니다. 하지만 한국 최고 수준의 공과대학 연구실에서 6년간의 대학원 생활은 쉽지 않았습니다. 힘든 일도 많았고, 슬픈 순간도 있었으며, 예상치 못한 사건 사고들도 있었습니다. 그럴 때마다 교수님과 연구실 선후배들이 곁에서 큰 힘이 되어 주었고, 덕분에 학문적으로나 인격적으로 크게 성장할 수 있었습니다.

특히 연구실에서 격월로 진행되던 독서토론과 영화토론에서 처음에는 적응하기 어려웠습니다. 중국에서의 교육 방식과 생활 환경, 그리고 문화적·정치적 견해 차이로 인해 깊이 있는 토론에 참여하는 것이 쉽지 않았습니다.

그러나 시간이 지나면서 제 고정관념이 깨지고, 다양한 견해를 받아들이기 시작했습니다. 제가 알고 있던 것들이 전부가 아니며, 심지어 잘못된 부분도 많다는 사실을 깨닫게 되었습니다.

이후 더욱 열린 시각으로 세상을 바라보게 되었고, 미국 교환학생 경험을 다녀온 후에는 한층 더 넓어진 시야를 가지게 되었습니다. 이러한 문화적·사상적 충돌을 경험하게 되면서 '어디서든 살아남을 수 있겠다.'라는 자신감도 얻게 되었습니다.

박사 졸업 후, 국적의 장벽으로 인해 많은 어려움을 겪었지만, 우여곡

절 끝에 좋은 직장에 취직하게 되었고, 사회생활을 하며 다양한 사람들과 환경을 경험했습니다. 시간이 지나면서 회사에서도 같은 목표를 위해 함께 노력하는 소중한 동료들이 생겼고, 함께 중요한 프로젝트들을 수행하며 성장해 나가고 있습니다.

또한 교수님께서 늘 강조하셨던 "어떤 조직에서든지 Contribution 하는 사람이 되어야 한다."라는 말씀을 가슴에 새기며, 제 자리에서 최선을 다하고 있습니다.

마지막으로, 저에게 있어서 한국에서의 제2의 고향이 되어 준 연구실과 소중한 연구실 선후배들에게 깊은 감사의 말씀을 전합니다. 그리고 외국인 유학생으로서 저의 경험이 다른 분들에게 조금이나마 영감을 줄 수 있기를 바랍니다.

## 정부출연연구소에서 연구하는 H박사 이야기

저는 과학고등학교를 졸업하고, 포스텍 기계공학과에서 학·박사(통합 과정)를 마쳤습니다. 이후 대기업에서 근무하다가 현재는 정부출연연구소에서 연구 활동을 이어가고 있습니다. 학부 4학년, 진로를 고민하던 시기가 있었습니다. 대학 입학 전까지는 오직 공부라는 목표만 보고 달려왔기에, 학부 과정 동안 명확한 진로를 정하지 못한 채, 여러 가능성을 두고 고민했었습니다.

그러던 중, 지금의 지도교수님과 면담을 하게 되었습니다.

그날 교수님께서는 대학원 과정의 장단점을 이야기해 주셨는데, 논문 주제나 연구 분야보다 더 중요한 것이 있다고 하셨습니다. 바로 지도교수의 인성을 보라는 말씀이었습니다. 박사 과정을 마치고 나면 결국 지도교수와 비슷한 성향을 지닌 주니어 연구자가 되기 마련이라고 하셨습니다. 그리고 교수님께서는 자신의 꿈이 학생들의 꿈을 찾아주는 사람이 되는 것이라고 말씀하셨습니다.

그 한마디는 제 마음에 크게 와닿았습니다. 연구 분야나 졸업 후 진로에 대한 고민은 여전했지만, '나도 누군가에게 긍정적인 영향을 주고, 또 누군가의 비전을 찾아줄 수 있는 사람이 될 수 있다면 참 멋지겠다.'라는 생각이 생겼습니다.

그렇게 교수님의 연구실로 진학하겠다고 결심했던 처음의 마음과 순간들이 기억에 가장 많이 남습니다.

대학원 과정은 물론 쉽지만은 않았습니다. 하지만 돌이켜보면, 함께 고민하고 웃고 울어줄 수 있는 선후배들이 있었고, 또 믿을 수 있는 리더가 있었습니다. 그래서인지 힘든 순간들도 결국에는 따뜻한 기억으로 남아 있습니다. 사회에 나와 다양한 사람들과 여러 환경을 만나면서, 그런 기본적인 가치와 사람들, 환경과 시스템이 얼마나 소중한지 많이 느끼고 있습니다.

요즘에는 정부출연연구소에서 학생들을 지도하기도 하고, 연구 과제를 수행하며 열심히 지내고 있습니다. 시간이 지나면서 졸업하는 대학원 학생들도 생기고, 어느 정도 시스템도 갖춰지고 있지만, 요즘 들어 더더욱 처음의 마음을 자주 되새기게 됩니다. 나는 누군가에게 어떤 영향을 주고 있는지, 또 누군가를 대상이나 목적으로 보고 있지는 않은지 말이죠.

시간이 흐르면서 연구 주제도, 방향도 많이 바뀌었고 또 앞으로 계속

해서 바뀌어 나가겠지만, 교수님께 배운 이러한 정신(Spirit)은 여전히 제 마음속 깊이 남아 있습니다. 그리고 저 역시 후배들과 제 학생들에게 이런 마음을 전해주고 좋은 영향을 줄 수 있는 연구자가 되기 위해 오늘 하루도 부단히 노력하며 살고 있는 것 같습니다. 모쪼록 더 많은 분께 좋은 영향이 전해지면 좋겠습니다.

## 계승된 연구실을 운영하는 울산과학기술원 J교수 이야기

저는 작은 식당을 운영하시는 부모님 가정에 태어나, 어린 시절부터 연구자를 꿈꿔오며, 영재교육이나 선행 학습 없이 절대적인 공부 시간을 남들보다 많이 들이는 열심만으로 우선 과학고에 입학하게 되었습니다.

과학고 1학년 때는 혼자 매일 밤을 지새우다시피 공부해도, 이미 선행으로 고등 심화 과정의 많은 부분을 이수한 친구들과의 경쟁에서 매번 뒤처졌고, 불면증까지 시달리는 어려움을 겪었습니다.

하지만, 경시대회와 전국과학전람회라는 전국 단위 대회에서 좋은 연구 성과를 내어 과기부 장관상까지 받게 되었고, 이로써 포스텍과 카이스트 모두 입학 허가를 받게 되었습니다. 이 둘 중 포스텍으로 입학했는데, 이는 과학고 동아리 활동으로 포스코의 후원을 받아 로봇축구 연구를 마음껏 할 수 있었고, 이렇게 큰 기업이 연구를 마음껏 지원해 주는 시스템에 더 끌리게 된 점이 컸습니다.

대학에서는 학업, 연애, 교환학생 등 여러 에피소드가 많지만, 결론적으로 대학원에 가게 된 계기에 관해 얘기를 나누고 싶습니다. 저는 대학을 졸업할 때쯤 비교적 이른 나이에 현재 아내를 만나 결혼하게 되었고, 공학 분야 개발 부서가 있는 대기업으로 먼저 취업했습니다.

하지만, 1년 정도 지나 퇴사하였습니다. 그 이유는 첫째로 학부 마치고 들어간 대기업 팀에서는 과학고나 포스텍을 나올 정도로 개개인의 심도 있는 독립적인 연구개발 능력보다는 조직 단위에서 눈치도 빠르고 유연한 사회생활 능력이 우수한 사람이 확률적으로 더 성공하는 시스템이라는 점이었습니다.

그리고 둘째는 좀 더 결정적이었는데, 같이 기업에 입사한 동기들 가운데 부모님들께서 기업에 직·간접으로 간부 등 중요한 위치에 있는 경우, 소위 말하는 빽이 있는 경우 애초에 부서 배치부터 차별화되어 다르게 이루어지는 것을 보게 된 점입니다. 기업이라는 조직은 이윤을 추구하는 곳이며, 이를 책임지는 회장이나 간부의 자녀나 증손자를 경영자로 기업에서 키우는 것은 나쁘게만 볼 수 없는 것이었습니다.

이에 작은 식당을 운영했던 집안에서 자란 저에게 연구자로서 개인의 능력을 최대한 끌어올리고 펼칠 방법은 대학원에 들어가서 지도교수라는 평생 스승을 만나는 것 외에는 답이 없다고 판단했습니다.

그렇게 좋은 스승을 만나기 위해 다방면으로 알아보았고, 들어가게 된 곳이 포스텍 기계공학과 박성진 교수님 연구실이었습니다. 연구실에 들어가니 이상하게도 회사에서처럼 눈치를 보거나 사내 정치를 어느 정도 해야 한다는 강박관념이 전혀 없었습니다. 연구에 매진하여 내가 밤을 지새울 정도로 열심히만 하면, 대부분 그에 상응하는 좋은 성과로 이어졌고, 리더인 지도교수님께도 온전한 기여에 대한 인정을 받을 수 있었습니다.

당시에는 대학원이 원래 모두 그런 곳인 줄 알았으나, 실제로 현재 직접 대학에서 연구실을 운영해 보니 그렇게 연구자가 마음 놓고 열심히 일할 수 있고, 성과로 연결되는 시스템을 만든다는 것은 자연스레 되는 쉬운 일이 아니라는 것을 깨닫게 되었습니다. 이는 지도교수님께서 깊은 고심으로 만들어 놓으신 좋은 연구실 시스템 덕분이었던 것입니다.

연구실 내 구성원들이 서로 견제하거나 간섭하지 않고, 서로를 동역자로 존귀한 모습 있는 그대로 받아들이는 Accepting Spirit과 스스로의 부족한 모습에 꿈을 제한하지 말고, 무한한 가능성을 믿고 마음껏 미래를 꿈꿔보는 Winning Spirit 이 두 가지가 모든 구성원이 각자 꿈꾸는 행복한 미래를 향해 서로를 격려하며 달려갈 수 있도록 하는 선진화된 연구실 시스템이었던 것입니다.

실제로 저는 결혼한 아내의 뱃속에 곧 태어날 아이도 있는 상태에서, 잘 다니던 대기업을 나와 더 공부하겠다고 대학원에 입학한 터라, 저를 믿고 제 결정을 따라준 임신한 아내를 위해서라도 열심히 하지 않을 수 없는, 퇴로가 없는 상태였습니다.

지도교수님께서 만드신 좋은 연구실 시스템 속에서는 그러한 상황 속의 절실한 노력과 포기하지 않는 끈기는 단기간 내에 많은 좋은 연구 성과로 이어지게 되었습니다. 비교적 짧은 학위 기간임에도 시스템으로 규정한 기준을 통과하자 지도교수님께서는 원칙대로 졸업이 이루어지도록 해주셨습니다.


Accepting Spirit과 Winning Spirit은 연구실 소속일 때뿐만 아니라, 졸업한 후에도 계속 이어졌습니다. 박사후과정인 포닥을 해외 우수 기관에서 하기 위해 다양한 학교에 지원하자 미국의 좋은 대학 두 곳에서 오퍼를 받았습니다.

그중 한 군데는 지도 교수님과도 친분이 깊은 미국 유명 주립대 교수님 연구실이었습니다. 해당 연구실로 가기로 하고, 포닥 임용 프로세스까지 마칠 무렵, 본인이 더 관심이 있었던 싱가포르 난양이공대학에서 오퍼를 받게 되었습니다. 더 나은 연구자로 성장하기 위해서는 난양이

공대학으로 가는 것이 좋겠다는 판단이었으나, 이미 임용 프로세스를 마친 지도교수님과 친분이 깊은 미국 교수님의 연구실에는 정말 미안한 일이었습니다.

이때 지도교수님은 눈치 보지 말고 본인이 꿈꾸고 원하는 가장 좋은 길로 가라고 독려해 주셨습니다. 실제로 미국 해당 연구실에 못 가게 된 사정을 연락드리자, 강한 항의 이메일이 저와 지도교수님께 보내왔습니다. 이는 지도교수님께도 정말 죄송한 일이었습니다.

하지만, 교수님은 '우리도 현재의 자리에 있기까지 그러한 많은 다양한 경우를 거쳐 오지 않았느냐, 같은 분야에 이바지할 젊은 연구자의 앞길을 축복해 주자.'라는 내용으로 이메일을 미국 교수님께 보내셨습니다.

그러한 지도교수님의 Accepting Spirit으로 좋은 커리어를 이어갈 수 있었으며, 나중에 미국 해당 교수님과도 직접 만나 함께 식사하며 관계를 계속 이어갈 수 있었습니다. 이는 싱가포르 포닥 이후 다른 국가 연구소로 취업하거나 다시 대학으로 이직할 때 등, 제자가 꿈을 향해 내딛는 발걸음마다 이어졌습니다.

현재는 저도 연구 중심대학의 한 연구실을 운영하고 있으며, 제가 경험하고 배웠던 건강한 연구실을 이어가기 위해 부단히 노력하고 있습니다.

## 어려움을 극복한 O박사 이야기

누군가에게 있어 연구실 생활은 단순히 학문적 성취를 위한 과정일 수 있지만, 저에게는 평생을 함께할 동료들을 만나고, 인간적으로 성숙해질 수 있었던 소중한 시간이었습니다.

그리고 무엇보다 어려울 때 손을 내밀어 주신 평생의 은사 박성진 교수님과의 인연을 맺은 장소이기도 합니다.

제가 경험한 연구실은 단순히 지식을 쌓아가는 공간이 아니라, 모든 일에 함께 고민하고 도전하며 성장해 가는 공동체였습니다. 각자의 강점을 바탕으로 협력하고, 문제 해결을 위해 다양한 아이디어를 공유하며, 함께 발전해 나간 경험은 단순히 연구뿐만 아닌 인생 전반에 중요한 교훈으로 남았습니다.

이러한 공동체를 이루기 위한 연구실 구성원의 깊은 유대감은 최소한도의, 그러나 확고한 기틀로 정립된 연구실 정체성 덕분이라 생각합니다. 교수님 연구실 운영 철학에 기반한 공통된 비전을 바탕으로 명확한 방향성과 책임감 속에서 각자 최선을 다하고, 최대한의 자율성 및 자유로운 인간관계 분위기 속에서 서로를 존중하며 더 나은 결과를 만들어 갈 수 있었습니다.

이러한 환경 덕분에 저는 학문적, 개인적으로도 더 큰 성장의 기회를 누릴 수 있었습니다. 제가 속한 공동체에서도 깊은 유대감을 바탕으로 모두가 존중받으며 자신의 역량을 발휘할 수 있는 환경을 만드는 것이 제 목표 중 하나입니다.


저는 연구실에서의 경험을 단순히 연구 성과나 학업적 성취로만 기억하지 않습니다. 운이 좋게도 저의 지도 교수님은 단순 학문적 지도자가 아닌 철학과 신념을 지닌 교육자였습니다. 박사 진학 과정에서 어려움이 있을 때, 동료 교수와의 갈등을 마다하고 저를 믿고 보호해 주는 울타리가 되어 주셨고, 그러한 교수님 덕분에 저는 연구실의 일원이 되어 연구에 전념했고, 지금 이렇게 추억을 곱씹을 수 있게 되었습니다.

교수님께서 보여주신 헌신, 그리고 동료 구성원들의 신뢰와 배려는 지금도 저를 지탱해 주는 큰 힘이 되고 있습니다. 격월로 진행했던 독서 토론회와 영화 감상회 역시 단순한 취미 활동을 넘어, 다양한 의견을 제시하는 토론을 통해 사고의 범위를 넓히고 열린 시각으로 문제를 바라볼 힘을 길러 주었습니다. 풍부한 간접 경험 기회를 제공받아 다양한 가치관과 삶의 방식을 접했고, 내면의 성찰을 통해 진정으로 중요하게 생각하는 목표와 신념을 발견하는 계기가 되었습니다. 이러한 경험은 스스로를 이해하고, 정체성을 확립하는 데 많은 도움이 되었습니다.

연구실에서의 시간은 제가 어떤 사람이 되어야 하는지 스스로 질문하고 답을 찾는 과정이었습니다. 교수님과 연구실 동료들의 조언과 격려 속에서 저는 실패를 두려워하기보다는 성장의 기회로 받아들이는 법을 배웠고, 팀으로서 함께 성장하는 것의 중요성을 알게 되었습니다.

또한 연구 과정에서 직면한 수많은 도전과 역경은 저에게 문제를 바라보는 새로운 시각을 열어주었고, 이를 해결하기 위해 끊임없이 고민하며 내면적으로 성장할 수 있었습니다. 그리고 저는 그곳에서 배운 다양한 교훈을 주위 환경에 적용해 긍정적인 변화를 만들어 가고자 노력하고 있습니다.

감사합니다, 교수님!

교수님의 학문적 가르침과 삶의 자세에 대한 조언 덕분에 지금의 제가 있다고 생각합니다. 앞으로도 교수님께서 제 인생의 큰 기둥이 되어 주신 것을 잊지 않고 꾸준히 성장하는 모습으로 보답하겠습니다.

## 실패 후 일어선 C박사 이야기

저는 박성진 교수님 연구실에서 통합 과정으로 5년간 재학했으나 졸업하지 못하고, 다른 연구실로 옮겨 4년의 학위 과정을 더 하고서야 박사 졸업을 하였습니다.

　이 에세이를 쓰기까지 많은 고민이 있었습니다. 과연 내가 박성진 교수님의 제자 자격으로 에세이를 써도 되는가 하는 생각도 많았습니다. 그래도 대학원 생활을 하며 저와 비슷한 어려움을 겪을 후배들이 있다면, 저의 경험이 조금이나마 도움이 되길 바라며 제 이야기를 공유하고자 합니다.

　졸업하지 못하고 연구실을 옮기게 된 후, 스스로 돌아본 졸업에 실패한 원인은 역설적(逆說的)이게도 결과에 대한 실패를 두려워했기 때문이었습니다. 결과가 좋지 않을 것으로 생각되면 그 부분에만 집착하며 시간을 보내고 있었습니다. 완벽하게 모든 문제를 해결하고서 본격적으로 시작하는 것이 마음이 편했기에 그렇게 하고자 했지만, 그렇게 허비한 시간 때문에 오히려 결과물의 완성도는 떨어졌습니다.

　이렇게 된 원인은 학부 과정까지는 독립적인 연구를 해본 적이 거의 없었기 때문인 것 같습니다. 학부까지는 대부분 공부해야 하는 정해진 범위가 있었고, 풀어야 하는 문제가 정해져 있었습니다. 정해진 길을 따라 열심히 공부하면 해결되는 일이 많았기에 실패 경험이 적었습니다.

　그러나 대학원에 오면서 스스로 문제를 정의하고, 기존에 없던 방법으로 문제를 해결하는 새로운 능력이 요구되었습니다. 이것에 익숙하지 않았기 때문에 실패가 반복되었고, 그 결과 실패에 대한 두려움이 생겨난 것 같습니다.

　이 문제의 해결 방법은 정말 간단합니다.

　계속 고민만 하지 말고 일단 시작부터 하는 것입니다. 예를 들어 논문 작성이나 논문 리뷰 작업 중에 아직 미흡한 부분은 일단 건너뛰고 다른 부분부터 작성하는 것입니다. 처음부터 너무 완벽을 추구하지 않고, 우선 최대한 빠르게 초안을 작성한 뒤 반복적인 퇴고를 통해 완성도를 높이자 마음먹은 것이 효과적이었습니다.

이러한 방식을 통해 너무 지엽적인 곳에만 집중하여 시간과 자원을 낭비하는 것을 줄이고, 다른 부분을 처리하면서도 지속적으로 미흡한 부분을 보완하기 위한 아이디어를 생각할 수 있었습니다.

실제로 일을 처리하다 보면 언제나 처음엔 생각지도 못했던 문제가 발생합니다. 시작 자체가 늦어졌을 때는 이런 새로운 문제를 해결할 시간이 부족하지만, 일단 시작부터 하면 이런 문제를 해결할 여유도 충분했습니다. 지나치게 실패를 두려워하여 고민만 하지 말고, 직접 행동으로 실천하는 것이 오히려 실패를 줄이는 길이었습니다.

또한 시간을 계획적으로 관리하지 못했던 것도 문제였습니다.

다소 즉흥적으로 아이디어가 떠오르거나 하고 싶은 일에 집중해서 업무를 하는 경우가 많았습니다.

그러면 정작 마감 날짜가 정해져 있는 중요한 일은 제대로 처리하지 못하고 급하게 제출하는 경우가 많았습니다. 대학원에서는 단순히 개인 연구만 잘하는 것 외에도 많은 것이 요구됩니다.

대표적으로 과제와 논문 관련 업무들이 있습니다. 연구하기 위해서는 과제를 통해 연구비를 충당해야 합니다. 또한 학계에서 인정받는 연구 실적을 만들기 위해서는 논문을 작성해야 합니다. 이런 일들은 보통 마감 일자가 정해져 있습니다. 따라서 시간 관리를 철저하게 하지 못하면 이런 중요한 일의 완성도가 떨어질 수밖에 없습니다.

저는 다른 업무에 집중하다가도 중요한 일정이 다가오면 집중을 깨고 주의를 환기할 수 있는 팝업 형식의 알람을 활용해서 문제를 해결했습니다. 첫 번째로는 Outlook에서 일정을 설정하여 알람으로 활용하였습니다. 주로 PC로 업무를 했기 때문에 업무 중 PC 화면에 팝업 알람을 띄우는 것이 효과적이었습니다.

업무의 중요성이나 예상 소요 시간에 따라 마감일의 몇 주 전 또는 며칠 전부터 알림을 설정했습니다. 또한 단순 서류제출 업무 등과 같이 다른 일에 몰두하다 보면 순간적으로 잊기 쉬운 일들은 마감 직전에 알람을 띄우도록 했습니다. 이와 같은 팝업 알림을 통해 중요한 일정을 상기시키기도 하고, 중요한 업무에 대한 시간 계획을 미리 세울 수 있게 하는 효과를 얻었습니다.

더 극적인 알람이 필요한 경우, 발송 일정을 정해서 스스로 자신에게 예약 문자를 보냈습니다. 문자는 확인하지 않으면, 지속적으로 상태표시줄에서 확인할 수 있으므로 더 효과적이었습니다. 이렇게 알람을 통해 시간을 관리하더라도 마감 직전에 밤샘 작업이 필요한 때도 있습니다.

그러나 마감 직전에서야 부랴부랴 시작해서 급하게 일을 끝내는 경우와, 미리 계획을 세우고 진행하다가 마무리가 늦어진 경우의 결과물에는 큰 차이가 있다는 것을 체감하였습니다.


아주 작은 마음의 변화와 알람의 활용이 매우 큰 차이를 만들어 냈습니다. 박성진 교수님 연구실에서 5년간 논문 실적이 1저자 1편, 공저자 2편뿐이었습니다.

이후 4년 동안 1저자로 7편, 공저자로 3편을 더 출판했습니다. 1저자 실적에는 JCR 상위 10% 이내의 논문도 포함되어 있습니다.

졸업에도 성공하였고 국내 대기업에 취업해 좋은 평가를 받으며 직장에 다니고 있습니다. 몸담았던 두 연구실 간에 연구 환경, 교수님의 지원 등에 큰 차이가 있다고 생각하지는 않습니다.

결국 실적을 내고 졸업하는 것은 본인에게 달려있습니다. 저는 5년이라는 긴 시간과, 졸업 실패라는 큰 사건을 겪고 나서야 이를 깨닫고 스스로를 변화시킬 수 있었습니다.

제가 시도한 방법이 모두에게 정답은 아닐 것입니다. 학위 과정에 어려움을 겪는 후배분이 있다면 결국 문제를 해결할 수 있는 사람은 본인이라는 사실을 깨닫고, 여러 가지 방법을 통해서 저보다는 빨리 그리고 원활하게 극복하길 기원합니다.

## 연구원의 마음가짐을 깨달은 SK Hynix B박사 이야기

대학원 입학 후부터 대기업 연구 경험까지를 바탕으로 연구원으로서의 마음가짐을 주제로 에세이를 준비했습니다.

2014년 대학원 입학 후가 문득 떠오릅니다.

학부 시절 나름으로 열심히 공부했다고 생각했고, 대학원 입학 면접에서도 질문에 나름 잘 대답했다고 생각했던 저는 좋게 이야기하면 자부심, 나쁘게 표현하면 자만심이 많이 있던 상태에서 대학원 생활을 시작했던 것 같습니다.

그 당시에는 학점도 좋고 공부도 많이 했으니, 누구보다 나는 '뛰어난 실력을 갖추고 있다.'라는 생각을 계속 가지고 있었습니다. 하지만 그 자만심은 대학원 연구실 첫 출근 때 무참히 무너졌습니다.

연구실에 처음 입학한 후, 교수님께서 선배와 함께 과제 미팅에 가보라고 하셨습니다. "모든 것을 알아듣지는 못하더라도 대충은 이해하겠지? 누군가는 내게 친절하게 모든 것을 설명해 주겠지?"라고 생각했지만, 막상 미팅을 끝내고 나니 단 하나도 이해하지 못했습니다. 미팅 후 과제 제안서와 발표 자료를 만들고, 선배님들께 피드백을 받으면서 열심히 작성했다고 생각했던 자료가 금방 수정되는 모습을 보면서 제 부족함을 많이 느꼈습니다.

과제 특성상 혼자 일을 진행하는 경우가 많이 있어서 저만 다른 일을 하는 것 같다는 느낌을 많이 받았습니다.

특히 랩 미팅이나 후배들이 선배들에게 모르는 것을 물어보거나, 후배에게 무엇인가 알려줄 때 연구실에서 뭔가 도움을 직접적으로 받지 못한다는 생각을 많이 했던 것 같습니다.

물론 다른 박사님들과 교수님들께 도움을 받았지만, 연구실 내에서 소외된다는 느낌을 받았고, 심적으로 힘들었던 부분이 많이 있었습니다. 특히, 제가 수행하는 연구가 과연 가치 있는 일인지, 내가 진정으로 해낼 수 있을지에 대한 의문을 많이 가졌었습니다. 또한 각막 과제를 메인으로 배터리 과제, 포스코 과제, 하이닉스 과제 등 다양한 과제를 서브로 맡으면서 정신 없이 학위 생활을 수행해 왔습니다.

하지만, 점점 연차가 올라가다 보니 혼자만의 착각이었다는 생각을 많이 하게 되었습니다. 연구 주제가 세부적으로 모두 다르지만, 결국 기계공학의 범주 내에서 움직인다는 것을 알게 되었습니다.

이를 몸소 느끼기까지 굉장히 오랜 시간이 걸렸지만, 알고 나니 심적으로 편해졌던 것 같습니다.

과제뿐만 아니라 고년차가 되니 논문 작성에 대한 부담이 현실적으로 다가왔습니다. 졸업 요건을 맞추어야 할 뿐 아니라 제 미래를 위해서라도 많은 논문을 써야 한다는 사실을 알고 있었지만, 생각만큼 잘되지 않았습니다. Reject 당하는 것에 대한 불안감과 처음부터 완벽한 논문을 작성해야 한다는 생각이 머릿속에 계속 맴돌다 보니 논문을 제출하는 것에 대한 큰 부담감이 있었습니다.

물론 선배님들과 교수님께서는 계속 일단 내보라는 말씀을 해주셨지만, 부담감이 쉽게 사라지지는 않았습니다. 용기 내서 냈던 논문은 엄청나게 긴 리뷰와 함께 reject 되고 이때부터 졸업 때까지 가장 고통스럽고 힘든 시간이었습니다. 뭔가 진도가 나가지 않고 제자리에 맴도는 것 같았습니다.

분명 저와 같은 길을 걸어가는 미래의 연구자 또한 이런 고민을 할 것으로 생각합니다. 논문에 대한 부담과 연구 방향에 대한 의문을 품으면서 말이지요. 하지만, 이런 부담감을 가지고 저보다 조금 더 적극적으로 논문을 내고, 쓰러져도 다시 도전하면 된다는 마음가짐을 가진다면 여러분께서 가지고 계신 고민이 오히려 역으로 실력을 성장시키는 원동력이 될 것이라 믿습니다.

2017년, 4년차에 교수님께서 많이 노력해 주신 덕분에 Boeing에서 근무하시던 A박사님을 만나게 되었고, 지도 교수님인 University of Washington(이하 UW)의 W교수님께 교환학생으로 가게 되었습니다.

교환학생으로 가기 전 많은 준비를 스스로 해야 했습니다. 외국에 놀러 가는 것이 아니라 6개월간 거주를 하다 보니 특히 비자를 받는 문제, 미국과 연락하여 필요한 서류를 받는 작업, 숙소를 구하는 문제 등등 낯선 일들이 많이 있었습니다.

준비를 다 하고 출국 일이 다가오니 외국에서 새로운 경험을, 특히 제가 원하던 분야에서 일해볼 수 있다는 기대감과 6개월간 낯선 곳에서 생활해야 한다는 두려움이 함께 찾아왔습니다. 다음날 학교에 방문하여 교수님과 제가 하고 있는 일과 하고 싶은 일에 관한 이야기를 했습니다.

그 후 저는 그래도 '낯선 사람이 방문했으니 연구실 구성원이나 교수님께서 도움을 조금 주시지 않을까?'라고 생각했습니다. 그러나 그러한 생각은 굉장히 안일한 생각이었고, 스스로 움직이지 않으면 학교의 누구도 저에게 먼저 도움을 주거나 먼저 물어오지 않았습니다.

이후 저는 먼저 교수님께 연락하고, 연구실 구성원들과 인사하고 연락처를 주고받는 등 제가 먼저 나서서 일을 진행했습니다. 특히 하고 싶은 일을 적극적으로 어필했고, 그 결과 Boeing에서 긴 시간은 아니었지만 직접 현장에서 일하고 이후에는 관심 있는 연구를 하는 학생을 도와 연구를 진행하였습니다.

다녀온 후 느꼈던 것이지만, 정말 열심히 하면 되겠다는 생각을 많이 했습니다. 처음에는 미국의 학생들이나 Boeing 직원들은 특별히 더 뛰어나지 않을까 하는 막연한 두려움이 있었습니다. 그러나 미국 대학원에서도, Boeing에서도 업무를 진행해 보았지만, 그들이 포스텍 대학원생들보다 훨씬 더 뛰어나다고 느끼지는 않았습니다. 오히려 어떤 부분에서는 우리 연구실 구성원들이 더 뛰어난 경우도 많이 보았습니다.

그렇게 한국에 돌아오고 난 뒤, 졸업을 위한 디펜스를 준비하게 되었습니다. 박사 디펜스를 할 때 가장 많이 생각했던 것이 "Originality가 무엇인가?"였습니다. 노력을 더 많이 했으면 하는 아쉬움도 많았지만, 마냥 아쉬워하고 후회하면 발전이 없기에 저에게 주어진 시간을 최대한 활용하려 노력했으며, 연구실에서 자기도 하고 밤을 지새우기도 하면서 심사위원분들과 날카로운 질의응답 끝에 마침내 박사학위를 받을 수 있었습니다.

박사 디펜스를 통과하면 모든 것이 행복하고 다 끝난 것일 줄 알았지만, 현실은 그렇지 않았습니다. 앞으로 내가 살아야 할 미래와 직업에 대한 고민이 시작되었습니다. 박사학위를 받았지만, 대기업에는 소위 명문대를 졸업한 박사들이 너무나도 많았습니다. 이제는 그들과 경쟁해야 한다는 생각에 두려움도 있었습니다. 특히 저는 반도체 전공도 아니었기에 새로운 길을 가야 한다는 생각에 더 많은 걱정이 있었던 것도 사실입니다. 그러나 연구실에서 경험하고 느꼈던 "적극적으로 하면 된다."라는 자세로 부딪혀 보기 시작했습니다.

2019년 3월 4일 H반도체 입사 후 저는 별다른 교육 없이 3월 5일 첫 업무를 받았습니다.

물론 업무 파악도 쉽지 않았지만, 연구 내용을 다른 부서에 설명하고 이해시키는 것 또한 어려운 일이었습니다. 대학원 연구실과 다르게 다른 전공과 배경을 가진 사람들을 설득해야 했기 때문입니다.

하지만 교수님의 가르침을 잊지 않고 역량을 발휘하였고 업무 수행을 잘하였을 뿐 아니라 입사 후 4개월 만에 전사에서 진행하는 TF를 이끄는 Leader가 되어 여러 부서 간 의견을 듣고 조율하는 역할도 맡아 보면서 크고 작은 포상도 많이 받았고, 고과도 잘 받아 핵심 인재로 자리 잡았다고 생각합니다.

입사 후 6년이 지난 지금도 연구실에서 받았던 가르침을 잊지 않으면서 요즘 중요도가 부각되고 있는 HBM(고대역 메모리)과 차세대 메모리 개발 연구 관련 TF Leader를 맡는 등 노력을 기울이고 있습니다.

연구란 없는 것을 만들어 내는 과정이며, 다른 사람과 협업해야 좋은 결과를 얻을 수 있는 어려운 길임을 매번 느끼지만, 하나씩 해결해 나가며 연구의 즐거움을 느끼고 있습니다. 그러나 아직도 여전히 배워야 할 것이 많이 있어서 논문도 쓰고 여러 건 특허도 내는 등, 대학원 시절보다 더 열심히 생활하고 있습니다.

미래의 연구자분들은 다양한 연구를 접하는 것이 1순위겠지만, 그 외적인 부분에 관한 많은 경험을 해보길 바랍니다. 저의 경우는 미국에서 6개월간 생활하면서 주말이나 짬이 날 때마다 주변의 국립공원이나 다른 도시에 가보기도 하였고, 연구실 구성원들과 함께 홈파티를 해보기도 하였습니다. 단기적으로 여행을 갔을 때 경험하기 힘든 것들을 많이 즐기고 오길 바랍니다.

처음에는 두렵겠지만, 이러한 경험이 쌓이면 나중에 어떤 일이든 해낼 수 있다는 자신감을 얻게 하는 원동력이 될 것입니다.

이 글을 보는, 처음 연구를 접하는 학생들은 입학 때 가졌던 초심을 잃지 않고, 연구실에서 배운 가르침을 깊이 새긴다면 졸업 후에도 멋진 연구자로 성장할 잠재력이 있다고 생각합니다. 저 또한 졸업 전 디펜스를 위해 간절히 기도하고 행동으로 실천했던 시간을 잊지 않으며, 하루하루 간절하고 힘들었던 그때를 떠올리며 계속 노력하겠습니다.

끝으로, 5년간의 깊은 가르침과 함께 에세이를 작성할 기회를 주신 박성진 교수님께 진심으로 감사드립니다.

## 30대 중반 직장인의 박사학위 재도전, Y박사 이야기

저는 청운의 꿈을 안고 포스텍 기계공학과에 입학하였지만, 대학원 진학 후에 지도교수님과의 불화라는 인생의 위기를 겪게 되었습니다.

어찌어찌하여 석사 졸업 후 박사 과정 교과 이수와 자격시험 합격까지는 할 수 있었지만, 점점 악화해 가는 지도교수님과의 관계로 저는 자의 반, 타의 반으로 박사 과정을 자퇴하고 H기업에 입사하여 사회생활을 시작하였습니다.

직장 생활은 순탄한 듯했지만, 이루지 못한 박사학위에 대한 미련은 점점 커져 어느새 마음속 열등감으로 자리 잡게 되었습니다. 기회만 된다면 학교로 돌아가서 학위 과정을 마무리하고 싶었지만, 바쁜 일상생활 속에서 그 길은 요원해 보였습니다.

결혼하고 아이들이 막 태어났을 무렵, 주력 사업 분야에서 세계 제일을 자부하던 회사에 큰 위기가 찾아오고 많은 사람이 회사를 떠나게 되었습니다. 저 또한 회사 전망이 불투명하다고 생각되어 L기업으로 이직(移職)하게 되었습니다.

이 혼란스러웠던 시기에 저는 미래에 대해 깊은 고민을 하였고, 마무리하지 못한 박사학위에 다시 한번 도전하기로 결심했습니다.

다행히도 예전의 지도교수님이 정년을 앞두고 연구실을 운영하지 않으셔서, 저는 수소문 끝에 박성진 교수님께 연락을 드려 학위 과정을 재개하고 싶다고 말씀드렸습니다. 교수님께서는 저를 흔쾌히 받아 주겠다고 하시며, 생각지도 않았던 등록금 지원과 한 달에 한 번씩 포항에 와서 연구실 학생들과 교류하는 시간을 가질 수 있도록 출장비까지 배려해 주겠다고 하셨습니다.

교수님께서는 2년 안에 졸업 논문을 쓰자고 하셨는데, 처음에는 충분히 해낼 수 있을 것 같았습니다. 낮에는 회사 일을 하고 밤에는 연구 및 논문을 작성하는 주경야독의 생활이 시작되었습니다. 주말에도 갓 태어난 아이들의 육아를 아내에게 부탁하고 집 앞 카페에서 노트북을 펴고 연구를 계속하였습니다.

하지만 박사학위 논문의 벽이 생각보다 높게 느껴지기 시작했고, 회사 업무와 연구를 병행하는 생활에 체력적 한계가 오며, 2년 안에 졸업 논문을 쓰기 어렵겠다는 생각이 들었습니다. 1년 반 정도가 지난 시점에서 고민 끝에 교수님께 기한을 6개월만 연장해 달라고 말씀드렸는데, 저의 예상과 달리 교수님께서는 약속한 기한 안에 졸업 논문을 마무리해야 한다고 강하게 말씀하셨습니다.

발등에 불이 떨어진 저는 남은 6개월 동안 하루 4시간 자던 잠도 줄여가며 연구에 매달렸습니다. 자신의 한계를 시험하는 기분이 들었지만, 이를 악물고 버티며 연구를 계속했습니다. 그 결과 다행히도 기한 내에 논문을 마무리하고 박사논문 심사를 통과할 수 있었으며, 저의 오랜 가슴 속 응어리도 마침내 풀리게 되었습니다.

그뿐 아니라, 교수님 연구실과 프로젝트를 진행하던 H기업에서 제 졸업 논문 연구 결과에 관심을 가져 스카우트 제의를 했고, 저는 이전보다 훨씬 좋은 대우를 받으며 새로운 직장 생활을 시작했습니다.

지금 돌아보니, 그때 박성진 교수님을 처음 만났던 순간이 제 인생의 전환점이었습니다. 교수님께서는 어려운 처지에 있던 제가 찾아왔을 때 외면하지 않으시고 물심양면으로 지원해 주셨으며, 길을 잃고 방황할 때 단호히 가야 할 방향을 제시해 주셨습니다. 이 글을 빌려 교수님께 다시 한번 감사드리며, 학위 과정 중 많은 도움과 함께 격려를 해주신 연구실 선후배님들께도 감사드립니다.

# 정부출연연구소에 재직 중인 S박사 이야기

저는 박성진 교수님의 연구실에서 5년 동안 박사 통합 과정을 거쳐 공학박사 학위를 취득하고, 현재 정부출연연구소에 재직 중입니다. 이 글을 통해 앞으로 연구실을 이끌어갈 교수님들, 그리고 연구실에서 성장할 학생들에게 조금이나마 도움이 될 수 있기를 바랍니다.

학부 시절, 졸업을 앞두고 진로에 대한 고민이 많았습니다. 남들보다 성공하고 싶다는 막연한 생각으로, 좋은 대학원에 진학하면 더 큰 기회가 열릴 것이라는 단순한 목표를 가지고 있었습니다. 하지만 이는 단기적인 목표일 뿐, 제 정체성과 삶의 방향에 대한 깊은 고민이 담긴 것은 아니었습니다.

포스텍 기계공학과 오픈랩 행사에서 박성진 교수님을 처음 만났을 때, 연구실을 선택하는 중요한 기준을 깨닫게 되었습니다. 교수님께서는 "대학원 진학 시 연구 주제만 볼 것이 아니라, 함께 연구할 사람을 봐야 한다."라고 말씀하셨습니다. 다른 연구실이 연구 주제를 강조하는 것과 달리, 교수님께서는 연구실 운영 철학과 학생들을 위한 정책과 비전을 더 중요하게 여기셨습니다.

특히 해외 연구 경험의 중요성을 강조하며, 학생들이 직접 선진 연구기관에서 경험할 수 있도록 적극적으로 지원하겠다는 진심 어린 정책이 깊은 인상을 남겼습니다.

연구실을 선택할 때 연구 주제만 고민하던 저에게 새로운 시각을 열어주셨고, 교수님께 지도받고 싶다는 확신이 들었습니다. 다행히 교수님과의 면접을 통과하며 제 대학원 생활이 시작되었습니다.

5년 동안 연구실에서 지내며, 단순히 연구 성과를 쌓는 것을 넘어 독립적인 연구자로 성장할 기회를 얻었습니다. 교수님께서 구축하신 연구실은 체계적인 시스템과 방향성 있는 운영 원칙을 가지고 있었습니다.

학생들이 연구에만 집중할 수 있도록 충분한 연구비와 인건비를 지원해 주셨으며, 출퇴근을 명확히 하고, 박사 통합 과정을 5년으로 설정해 그 기간 내에 졸업할 수 있도록 체계적인 로드맵을 제공해 주셨습니다.

또한 연구 과정에서 주제에 맞는 전문가와 연결해 자연스럽게 전문가 네트워크를 구축할 수 있도록 지원해 주셨습니다. 주간·월간 보고 시스템을 통해 연구 과정을 체계적으로 관리해 주셨던 기억이 납니다. 이러한 교수님의 연구실 운영 원칙은 제가 5년 동안 연구하는 데 있어 효율성을 크게 높일 수 있었다는 생각이 듭니다.

덕분에, 박사 과정 동안 주저자 5편을 포함한 15편 이상의 SCI 논문을 출판할 수 있었습니다. 이러한 경험은 단순한 연구 성과를 넘어, 연구자로서의 커리어를 준비하는 데 결정적인 역할을 했습니다.

특히 6개월간의 독일 해외 연수는 제 연구 인생의 큰 전환점이었습니다. 연구실에서 연구하고 있는 인공지능 분야를 접목하여 연구실 후배, 독일연구소 박사님과 협력하면서 논문을 출판할 수 있었습니다.

이러한 인연이 계속되어 현재는 제가 재직 중인 연구원과 독일연구소가 MOU를 체결하는 성과로 이어졌습니다. 연구실에서 배운 경험이 단순한 연구 실적에 그치지 않고, 국제적인 연구 네트워크로 발전하는 과정을 직접 경험한 것입니다.

박사 통합 과정을 거치는 동안 저는 연구 역량을 키우는 것뿐만 아니라, 스스로 깊이 성찰하는 귀중한 시간을 가졌습니다. 연구실에서는 두 달에 한 번 독서토론과 영화토론을 진행했습니다.

처음에는 이런 활동이 연구에 집중해야 하는 우리에게 다소 부담스럽게 느껴졌지만, 시간이 지나며 그 가치를 깨닫게 되었습니다. 토론을 통해 서로의 생각을 공유하며, 단순히 연구자로서가 아니라 세상을 바라보는 시각을 넓혀갔습니다.

교수님께서는 늘 "세상을 살아가는 데 있어 본인의 정체성과 비전이 중요하다."라고 강조하셨습니다. 저는 연구실 생활을 하며 "나는 어떤 사람인가?", "어떤 가치관을 가지고 살아가야 하는가?", "내 삶의 궁극적인 목표는 무엇인가?"라는 질문을 스스로 끊임없이 던졌습니다.

한 번은 교수님께 "강한 리더십을 갖고 싶다."라고 고민을 털어놓은 적이 있습니다. 교수님께서는 "부드러운 사람이 카리스마가 없는 것이 아니다. 공감하고 이해하는 리더십이 더 깊은 영향을 미칠 수 있다. 강한 리더십이 당장 큰 변화를 일으킬 수 있지만, 신뢰와 공감을 주는 리더십은 더 지속적인 울림을 남긴다."라고 말씀하셨습니다.

이러한 대화를 통해 저는 리더십이 단순히 강한 모습으로 표현되는 것이 아니라, 자신의 성향에 맞게 조화롭게 리더십을 발휘할 수 있다는 사실을 깨달았습니다. 연구실에서의 경험을 통해 정체성과 비전을 찾는 것이 얼마나 중요한지, 그리고 이를 바탕으로 한 삶이 얼마나 가치 있는지 배우게 되었습니다.

현재 저는 정부 출연 연구소에서 연구를 수행하며, 1명의 예비 박사과정 학생과 3명의 석사과정 학생을 지도하고 있습니다. 부족하지만 연구실에서 교수님께 배운 연구 소양과 삶의 지혜를 바탕으로 학생들이 올바른 방향으로 성장할 수 있도록 돕고 있습니다. 교수님께서 늘 학생들의 입장으로 생각하며 진심으로 응원하고 조언해 주셨듯이, 저 역시 학생들이 연구자로서 성장할 수 있도록 환경을 조성하는 것이 지도자의 중요한 역할임을 깨닫고 있습니다.

예전의 저는 목표만 바라보고 달려갔습니다.

하지만 이제는 그 과정에서 자신을 발견하고, 성장해 나가는 것이 더 중요하다는 것을 깨달았습니다. 연구자의 길은 단순한 성취의 연속이 아니라, 끊임없이 자신을 돌아보며 삶의 방향을 찾아가는 여정입니다.

연구 성과를 내는 것도 중요하지만, 그것이 나에게 어떤 의미가 있는지, 내가 어떤 연구자가 될 것인지를 고민하는 것이 더욱 중요함을 배웠습니다. 연구란 그저 결과물을 만들어 내는 것이 아니라, 그 과정에서 나 자신을 탐구하고 성장하게 만드는 길이기도 합니다.

교수님께 배운 이 가르침을 바탕으로, 저 또한 연구자의 길을 걸으며 후학들에게 더욱 의미 있는 환경을 만들어 주고자 합니다.

마지막으로, 늘 학생들의 관점으로 고민하며 아낌없는 응원과 조언을 보내주셨던 교수님께 깊은 감사를 드립니다.

## 정부출연연구소에 재직 중인 G박사가 되돌아본 연구실 이야기

처음 대학원 진학을 결심했을 때, 연구에 대한 특별한 동기나 명확한 목표가 있었던 것은 아니었습니다. 다만 학문에 대한 막연한 호기심이 있었고, 그로 인해 자연스럽게 연구자의 길을 걷게 되었습니다.

하지만 기대감 없이 시작한 대학원 생활은 제게 예상치 못한 변화를 가져왔습니다. 연구실에서 보낸 5년은 단순한 학문적 성장에 그치지 않고, 인간적 성숙과 연구자의 책임감이 어떤 것인지 심어준 소중한 시간이었습니다.

입학 초기, 저는 연구자로서의 기본적인 태도를 갖추지 못한 채 연구실 생활을 시작했습니다. 특히, 프로젝트 수요조사서를 제때 작성하지 못했던 일이 떠오릅니다. 그때 교수님께서 저의 부족한 전문성(프로페셔널)을 지적하셨고, 저는 그 순간 처음으로 연구자의 자세에 대해 깊이 고민하게 되었습니다.

단순한 학업의 연장이 아니라, 연구자의 책임과 자세를 배워야 한다는 사실을 깨닫는 계기였습니다. 이후 저는 연구에 대한 태도를 좀 더 진지하게 다잡았고, 이러한 고민은 지금까지도 연구자로서의 방향을 결정하는 중요한 기반이 되었습니다.

그렇게 연구실에서의 시간은 점차 의미를 더해 갔습니다. 매년 국내외 학회에 참가할 기회를 얻었고, 6개월간의 해외 연수를 통해 넓은 시야를 가지게 되었습니다.

그러나 이러한 경험들이 늘 순탄했던 것은 아니었습니다. 연구실 운영 방식에 적응하며 독립적인 연구자로 성장하는 과정은 도전의 연속이었습니다. 프로젝트를 책임지고 수행하는 과정에서 연구 계획서와 보고서를 작성하는 일이 낯설고 부담스럽기도 했으며, 연차가 올라감에 따라 과제와 졸업 연구 사이에서 균형을 맞추는 것이 쉽지 않았습니다.

때로는 프로젝트 수행이 졸업 연구에 부담이 되기도 했지만, 지금 돌이켜보면 그러한 과정들 하나하나가 연구자로서의 실무 역량을 키우는 데 중요한 역할을 했음을 깨닫습니다. 결국 연구실에서의 경험이 사회에 나와 연구자로서 첫발을 내딛는 데 꼭 필요한 과정이었음을 절실히 느끼고 있습니다.

　이러한 성장의 과정이 가능했던 것은 교수님의 교육 철학과 학생들에 대한 깊은 신뢰가 있었기 때문이라고 생각합니다. 교수님께서는 단순히 연구의 방향을 제시하는 것을 넘어 학생들이 스스로 고민하고 해결할 수 있도록 이끌어 주셨습니다.

　이제는 후배들을 지도하는 위치에서 당시 교수님의 헌신과 배려가 얼마나 컸는지 새삼 깨닫게 됩니다. 또한 연구실에서 함께했던 선후배님들의 존재도 빼놓을 수 없습니다. 서로의 고민을 나누고 협력하며 각자의 자리에서 최선을 다했던 그런 시간이 있었기에, 교수님께서 바라시던 건강한 연구실이 만들어질 수 있었다고 생각합니다.

　이 자리를 빌려 존경하는 교수님께 진심으로 감사의 인사를 전하며, 함께 연구하며 성장했던 선후배님들께도 깊은 감사를 표하고 싶습니다.

　이제 저는 누군가를 책임지고 지도해야 하는 위치에 서게 되었습니다. 연구실에서 배운 기본 정신과 교수님께서 보여주셨던 연구자의 자세를 잊지 않고, 저 역시 후배들에게 긍정적인 영향을 줄 수 있도록 부단히 노력할 것입니다. 저에게 주어진 역할을 성실히 수행하며, 연구자로서 한층 더 성장해 나가겠습니다.

# 꿈과 도전을 매개로 한 보람의 전승

저자는 2009년 포스텍 교수로 부임하고, 연구실을 시작하면서 연구실 운영에 대한 새로운 설계와 실험을 시도하였다.

승진과 종신교수(tenure) 심사를 앞둔 신임 교수로서 일종의 인생을 걸고 하는 도전과 실험이었다.

여기에는 '과연 좋은 열매들이 맺혀질까?' 하는 의문이 있었고, 상당한 용기가 필요했다. 하지만 해가 더해 가면서 의심은 확신으로 점점 바뀌어 갔고, 평소 품고 있던 고민에 대한 해답을 하나씩 얻게 되었다.

저자는 대학교수에 대한 꿈을 꾸게 되면서 관련 자료들을 모으고 교육자와 연구자 사이에서 정체성 고민을 하게 되었다. 자료가 쌓이고 고민이 깊어지면서 교수는 교육자라는 결론에 이르게 되었다.

저자는 포스텍 교수로 연구실의 거의 모든 자원을 학생들을 위해 사용하고자 노력했다. 이러한 노력 속에서 연구실에 대한 철학과 정책을 더욱 명확히 정립하게 되었고, 이 정책들을 실행하면서 연구실의 독특한 분위기가 형성되어 갔다.

그리고 학생들과 연구실에서 생활하며 많은 에피소드와 추억을 만들었다. 졸업 시기가 다가오면 제자 한 사람 한 사람이 저자의 분신처럼 느껴졌다. 단순한 지식 전달과 학위 수여를 넘어 인생을 공유하는 동역자가 되어 갔다.

저자는 제자들을 맞이하면 연구실에서 지식과 학문을 전수하여 실력 있는 연구자로 만들고 원하는 직장에 취업하는 첫 번째 목표를 매우 중요하게 여겼다.

시간이 지나감에 따라 제자들과 함께 연구실 생활을 통하여 연구실 내에 신뢰가 쌓이고 제자들을 보호하고 그들로부터 존경을 받는 것이 저자에게 첫 번째 목표보다 더 중요하게 인식되어 갔다.

학생을 보호하기 위해 구정물에 손을 담그고, 다른 교수와의 갈등을 감수하고, 원하는 취업을 도와 주기 위한 엑스트라 노력에 제자들은 점점 저자를 신뢰하기 시작했다. 어느 임계 시간이 지나자, 저자와 제자 사이의 벽이 사라지고 신뢰를 쌓기 위한 추가적인 노력이 필요 없음이 느껴졌다. 제자들은 거의 조건 없이 저자의 말을 신뢰하게 된 것이다.

4년 정도 지나자 '연구실 운영이 매우 쉬워졌구나!' 하는 생각이 들었다. 시스템을 구축하고 나서 초기 운영에는 에너지가 많이 필요하지만, 씨앗이 땅에 뿌려져서 싹이 나고 나무로 자라는 것과 같이 어느 시점 이후에는 큰 에너지 소모 없이 자연스럽게 나무가 자라고 열매가 맺힌다는 느낌이 들었다.

졸업생들이 생기고 3년 정도 지나자, 제자들이 다시 연구실로 찾아와 공동 연구과제를 제안하기 시작했다. 자신들이 받은 혜택을 후배들에게 전해주고 싶다는 의견이었다. 연구실을 시작한 지 10년 정도 되니 연구실의 연구과제 30% 정도가 제자들에게서 들어왔다.

또한 미래 연구 방향에 대해서도 많은 제안을 해주었다. 교육의 본질에 충실하면 오랜 시간이 걸리지만, 상상할 수 없었던 보상으로 돌아온 다는 사실을 알게 되었다. 연구실에서는 저자가 학생들을 도와주었는데 연구실을 떠나서는 제자들이 저자를 도와주게 되었다.

참으로 고마운 일이고 저자에게 큰 격려와 힘이 되는 선순환이며 감동이었다. 졸업식에 참석한 부모님들이 저자에게 "매 학기 연락해 주시고 자녀에게 관심 가져 주셔서 감사합니다."라고 말할 때 그분들의 마음이 전달되어 큰 격려를 받았다.

교수로서 큰 보람을 느끼고 살 수 있어서 행복하다.

은퇴할 때 제자들로부터 "교수님과 함께하게 되어 감사합니다."라는 말을 들을 수 있다면 좋은 교육자로 살았던 것이 아닐까?

어떤 제자가 면담 시간에 저자에게 "나는 교수가 꿈이었는데, 교수님을 보니 자신은 교수가 될 수 없을 것 같다."라는 이야기를 한 적이 있다.

저자는 '제자의 꿈을 꺾은 것이 아닐까?' 하는 고민이 생겼다. 몇 주 후의 면담 때 제자에게 "나는 박성진 교수로 이 연구실을 이끌어 가는 것이다. H는 H다운 연구실을 만들어 가면 된다."라는 답을 주고 마음의 평안함을 느꼈다.

이 책을 읽는 분들이 자신의 철학과 경험에 따라 학생들을 위하는 건강한 연구실을 만들 수 있길 축복한다.

포스텍 연구실에서 박성진 교수